그 속에서 놀던 때가 그립습니다

그
속
에
서 놀
던
그 때
립 가
습
니
다

2019년 12월 9일 제1판 제1쇄 발행

지은이   이학원
펴낸이   강봉구

펴낸곳   작은숲출판사
등록번호   제406-2013-0000801호
주소   10880 경기도 파주시 신촌로 21-30(신촌동)
전화   070-4067-8560
팩스   0505-499-8560
홈페이지   http://cafe.daum.net/littelf2010
블로그   http://littlef2010.blog.me
이메일   littlef2010@daum.net

ⓒ이학원

ISBN 979-11-6035-075-3   03810
값은 뒤표지에 있습니다.

꽃 피는 산골 심통골 이야기

그 속에서 놀던 때가 그립습니다

이학원 지음

작은숲

일상 이야기

사람 이야기

나가는 말

나의 살던 고향은 꽃 피는 산골

그리 오래되지 않은 옛날, 여섯 가구가 사이좋게 농사를 지으며 살아가는 심통골이라는 산골마을이 있었습니다. 큰길이 없어 마차나 자동차가 다니지 못하니 고요함이 일상이었고, 사시사철 꿩, 휘파람새, 뻐꾸기, 꾀꼬리, 소쩍새, 뜸부기, 참새, 멧새들이 아름다운 노래를 불렀죠. 전기가 들어오지 않아서 TV도 없었고 특별한 오락거리도 없었지만, 여름에는 바깥마당에 밀대방석을 깔고 앉아 쏟아지는 별빛 아래서 마실 온 이웃들과 도란도란 이야기꽃을 피웠고 겨울이면 등잔불 아래서 정겨운 웃음꽃을 피웠습니다.

이 마을의 어른들은 학교 근처에도 가 보지 못했기 때문에 공부를 강요하지 않아 아이들은 시간이 날 때마다 산으로 들로 쏘다니며 신나게 놀 수 있었습니다. 태어날 때부터 소, 염소, 강아지, 토끼, 닭과 식구처럼 지내다

보니 울음소리와 눈빛을 보고도 배고픈지 몸이 아픈지 기분이 어떤지 이해할 수 있었고, 부모님을 도와 모내기, 벼 베기, 보리 베기를 하며 자연스럽게 농사일을 익혀나갔습니다.

벼 한 포기 더 심고 콩 한 포기 더 심을 수 있는 조그만 땅도 소중히 여기며 부지런히 일하는 손길 덕에 심통골의 논과 밭은 늘 깔끔하게 정리되었고, 곡식들은 무럭무럭 잘 자랐으며 집 주변의 밤나무와 감나무에는 열매가 주렁주렁 열렸었습니다. 부유하지 않은 빠듯한 살림이었지만 주어진 환경에 만족하며 이웃들과 사이좋게 살아갔지요.

병으로 허약해지신 아버지가 산 중턱에 있는 집에 오르내리기 힘들어지자 중학교 3학년 때 평지에 있는 동네로 이사를 하게 되었고, 11년에 걸친 기나긴 병치레 끝에 돌아가신 후 모든 것을 정리하고 경남 진주로 이사 가면서 고향과 완전히 이별을 하게 되었습니다. 그 때가 대학교 2학년 때였습니다. 다른 집들도 이런저런 이유로 심통골을 떠나 각지로 뿔뿔이 흩어지게 되었고, 여섯 가구의 보금자리였던 집들은 시간이 가면서 무너져 내

렸습니다. 곡식이 무럭무럭 자라던 기름진 논밭은 쑥대밭이 되어 고라니의 안식처로 변했고, 산을 밀고 논밭을 메워 번듯번듯하게 지은 별장풍의 집들이 여기저기 많이 들어섰습니다.

가끔 심통골을 찾아가 낯선 타향처럼 변한 그곳에서 옛 모습을 떠올려 볼 때가 있습니다. 그러나 이내 발길을 돌리게 됩니다. 낯선 이를 경계하는 개들의 사나운 몸짓과 소리 때문입니다. 심통골은 이제 정말 낯선 타향이 되었습니다.

언제부턴가 심통골에서 살던 때의 이야기를 정리하여 추억을 공유하고 있는 친구나 지인들과 돌려보고 싶다는 생각을 했습니다. 차일피일 미루다 작년 겨울에 추억을 더듬기 시작했는데, 나무를 때며 가마솥에다 밥을 지어먹고 등잔불로 밤을 밝히고 지게로 물건을 나르며 살았던 기억을 간직한 마지막 세대일 수 있다는 생각에 기록으로 남기게 되었습니다. 지극히 개인적인 기억들을 책으로 엮는 것이 무슨 의미가 있을까하는 생각도 했지만 애써 의미를 부여해 보았습니다. 동시대를 살았던 이들에겐 추억을 떠올리

며 잠시나마 순수한 동심의 세계로 돌아가게 하고 싶었습니다. 단 하루도
핸드폰이 없는 삶을 생각하지 못하는 아이들에겐 그런 것이 없어도 재미나
게 살던 사람들 이야기를 들려주고 싶었습니다.

　책으로 엮을 만한 가치가 있을지 망설이고 있을 때 용기를 주셨던 서순
희 작가님과 우장식 선생님, 매의 눈으로 꼼꼼히 살펴 문맥을 교정해 주고
격려를 아껴주지 않았던 김동돈 선생님께 감사드립니다. 글의 문맥에 대해
조언을 해주고 교정을 해주었던 아내(류바른)와 아빠의 고향을 돌아보고
표지화를 그려준 딸(이솔)에게도 고마움을 표합니다. 아울러 무거리 원고
를 멋진 작품으로 탈바꿈시켜 주신 작은 숲 출판사 여러분들께 고마운 인
사를 드립니다.

2019년 겨울 문턱에서

이학원

나의 살던 고향은 꽃 피는 산골

나의 살던 고향은 꽃피는 산골
복숭아꽃 살구꽃 아기 진달래
울긋불긋 꽃대궐 차리인 동네
그 속에서 놀던 때가 그립습니다.
– 이원수, 「고향의 봄」

50여 년 전쯤, 봄이면 온갖 꽃으로 화사하게 빛나던 한 골짜기가 있었습니다. 그곳은 충남 예산군 덕산면 옥계리 심통골이라는 동네였는데, 가야산의 한 봉우리인 옥양봉 너머 서원산이 가야산과 나란히 남쪽으로 달려 산이 끝나는 지점에 있는 골짜기였습니다. 산의 오른쪽 끝은 동그란 봉우리로 옥계리 저수지에 몸을 담그고 있는데, 그 동그란 봉우리는 옛날 임금님

의 태를 묻었던 태봉산입니다. 산의 왼쪽 끝은 학교산인데, 심통골을 감싸고 좀 더 길게 뻗어 덕산 읍내리에 가서 끝납니다. 서원산이 끝나는 부분에 있는 좌 학교산, 우 태봉산 가운데에 자리잡은 심통골에는 원래 다섯 가구가 살고 있었는데, 국민학교 4학년 때 목장집이 생겨 여섯 집이 되었습니다. 다랑가지[계단식 논]로 이루어진 나름 넓은 들판이 나타나고, 그 들판과 들판으로 계곡물이 흘러드는 골짜기까지 통틀어 이곳을 '심통골'이라고 불렀습니다. 심통골엔 넓은 길이 없어서 짐을 운반할 때는 지게로 져 날랐고, 전기도 들어오지 않아 등잔불로 밤을 밝혔습니다. 현재 이곳은 옥계신토길로 불리는데, 왜 심통골이라 불렸는지 궁금해 찾아봤지만 아직 그 유래를 알아내지 못했습니다.

국민학교 4학년 여름에 덕산 읍내에서 고등학교를 졸업한 준기형이 문환네 뒷산에 와서 야전침대를 펴고 자면서 산을 개간하여 목장을 만들기 시작하였습니다. 심통골 가장 아래쪽 들판의 동쪽 가에 약골 체질의 창복이 아저씨가 나이 드신 홀어머니를 모시고 살고 있었는데 동네에서는 이 집을 심통골 할머니 댁이라고 불렀습니다. 심통골 할머니는 얼마 후에 예산으로 이사 가시고, 나와 동갑이고 할머니 외손자인 문환이네가 국민학교

4학년 때 사동리에서 이사 와서 이 집에서 살게 됩니다. 심통골 할머니 댁에서 논길로 100미터쯤 돌아가 들판이 끝나는 지점에 이 마을에서 유일한 기와집인 선희 할머니네가 살고 있었는데, 할머니와 할아버지 아래에 여러 형제들이 있지만 대부분 도회지에 나가 살고 셋째아들인 명철이 아저씨만 집에 남아 할머니, 할아버지와 함께 농사를 지으며 살고 있었습니다. 선희는 서울에서 살고 있는 첫째아들의 딸인데 무슨 이유인지 시골 할머니 댁에서 살고 있었습니다.

　선희 할머니 댁에서 길은 세 갈래로 갈라지는데 제일 왼쪽 길로 들어서 언덕길로 150여미터 쯤 올라가면 산 중턱에 평평한 밭이 펼쳐지고 그 밭 뒤쪽에 잘 지어진 초가집 한 채가 있는데 이곳에는 충균이 할머니와 충균이 막내고모가 살고 있었습니다. 충균이 할아버지는 서울 신탁은행에 근무하시고, 충균이 아버지는 서울에 있는 소아과에서 약사로 일하고 계셨습니다.

　선희 할머니 댁에서 갈라진 세 갈래 길 중 계곡 옆으로 난 가장 오른쪽 길을 따라 7~800미터쯤 산길을 올라가면 산의 8부 능선쯤에 넓은 밭이 나타나고 계곡을 따라 다랑가지 논이 펼쳐집니다. 이곳을 무치기라고 불렀는데, 이곳에 원호형네가 있었습니다. 집안의 3녀 1남 중 막내로 독자인 원호

형은 할머니, 부모님, 누님과 함께 살고 있었습니다. 원호형 아버지는 힘이 세고 부지런하여 동네의 논과 밭을 쟁기로 다 갈고 농사도 많이 짓기 때문에 심통골 다섯 가구 중에서 가장 부유하게 살고 있었습니다.

선희 할머니 댁에서 원호형네로 올라가는 계곡을 타고 100여 미터를 오르다 왼쪽으로 갈라진 계곡에 펼쳐진 자그마한 다랑가지 논길을 따라 100여 미터를 더 오르면, 다랑가지 논이 끝나고 조그만 밭이 펼쳐진 곳에 다섯 가구 중에 가장 볼품없는 초가삼간이 나타나는데 그곳이 여섯 살 때까지 살았던 첫 번째 우리 집이었습니다.

초가삼간은 부엌 한 칸, 안방과 윗방이 한 칸씩인데 두 방이 쪽문을 통해 이동할 수 있게 되어 있는 구조였습니다. 방에서 나오면 토방에 큰 돌이 하나 놓여 있는데 그 돌을 밟고 방에 드나들었습니다. 토방 아래에는 좁은 안마당이 있었는데, 안마당 한쪽에 외양간이 있고 안마당 가를 따라 울싸리 [족제비싸리]가 일부 심어져 있었을 뿐 대문은 없었습니다. 개도 키우지 않았기 때문에 동네 사람들이 집에 찾아와서

"학원아."

하고 부르다 대답이 없으면

"거 아무도 읍남?"

하고 식구들을 부르다 그래도 아무 대꾸가 없으면 안방 문까지 열어 사람이 없음을 확인한 후 되돌아가곤 했습니다.

골짜기의 평평한 곳에 초가집이 자리 잡고 있었고 집 주변으로 그리 넓지 않은 밭들이 자리 잡고 있었습니다. 집에서 왼쪽으로 20여 미터쯤 떨어진 곳으로는 계곡이 흐르고 있었는데 계곡 옆에 맑은 물이 돌 사이에서 솟는 우물이 있었습니다. 집 앞의 밭 아래쪽으로 선희 할머니 댁까지는 경사가 심한 곳에 만들어진 게딱지만한 다랑가지 논이 10여 개가 있었습니다.

집 주변에는 나무가 참 많았습니다. 집 오른쪽에 있는 뒷간을 개나리가 둘러싸고 있었고 앞쪽에는 호두나무가 두 그루 있었고 그 옆에는 앵두나무도 몇 그루 있었고 산수유나무도 한그루 있었습니다. 집 왼쪽에는 큰 살구나무가 비스듬히 자라고 있었는데 그 살구나무를 타고 등나무가 자라고 있었고, 벼나 콩 등 타작을 하는 바깥마당 가에는 참죽나무 네다섯 그루가 나란히 서 있었고, 탁구공보다 좀 더 큰 열매가 열리는 복숭아나무도 있었습니다. 우물로 가는 길의 왼쪽에는 밑동에 딱딱한 버섯을 덕지덕지 붙이고 있던 꽤 나이가 먹었던 개복숭아 나무가 자리 잡고 있었고, 오른쪽에는 감나무가

서 있었습니다. 집 뒤의 밭가에도 개복숭아 나무가 서 있었고 큼지막한 감나무도 한 자리 차지하고 있었고, 집 오른쪽과 뒤쪽 산록에는 큼지막한 밤나무 20여 그루가 집을 감싸고 둘러서 있었습니다.

눈 아래 저 멀리 넓게 펼쳐진 예당평야 뒤의 차령산맥 너머 남촌에서 훈훈한 바람이 불어오면 산수유 꽃이 제일 먼저 노란 꽃망울을 터트립니다. 산수유 꽃이 피고 얼마 지나지 않아 개나리와 뒷산의 진달래가 꽃망울을 터트리고, 복숭아꽃 살구꽃도 일제히 피어나 칙칙하던 골짜기가 일순간에 향기롭고 화사한 꽃대궐로 변하는데, 꽃을 가장 반기는 것은 벌들이었습니다. 향기로운 개복숭아 꽃그늘에 있으면 다양한 벌들의 윙윙대는 날개짓 소리에 귀도 즐거운데, 가장 큰 벌은 호박벌로 온몸과 다리에 꽃가루를 가득 묻히고 축제를 즐겼습니다. 처마 밑 서까래에는 긴 막대가 고정되어 있는데 초가집의 이엉이 날아가지 않도록 새끼줄을 묶어두는 곳입니다. 호박벌은 이 나무에 구멍을 뚫고 살았습니다. 조용한 날 '닥닥닥닥' 나무 긁는 소리가 나고, 이어 나무 갉은 부스러기가 흩날리곤 했는데 호박벌이 집을 장만하는 장면이었습니다. 복숭아꽃이 진 후 감꽃이 피면 또 한 번의 벌들의 축제가 벌어졌고, 밤꽃이 피면 벌뿐만 아니라 풍뎅이들도 꽃으로 날아

들어 꿀을 빨았습니다. 포도송이처럼 탐스러운 보라색 등꽃이 피었을 때도,
호박꽃이 피었을 때도…….

봄처녀 제 오시네 / 새 풀옷을 입으셨네.
하얀 구름 너울 쓰고 / 진주이슬 신으셨네.
꽃다발 가슴에 안고 / 뉘를 찾아오시는가.
– 이은상, 「봄처녀 제 오시네」

앵두꽃이 핀 따뜻한 봄날, 엄마의 품속에서 엄마가 부르던 노래를 들었
던 따뜻한 느낌이 아직도 몸의 어딘가에 남아 있습니다.
여섯 살 때 옆집으로 이사했는데, 그 집은 원래 충균이 할머니와 누나들
친구였던 충균이 고모가 살던 집이었습니다. 충균이 할아버지는 당시 서울
신탁은행에 다니면서 서울시 은평구 진관외동에서 지내셨는데 충균이 할
머니와 고모가 그 곳으로 이사가면서 우리가 들어가 살게 되었습니다.
먼저 살던 집은 남쪽 언덕 바로 아래 음지쪽의 좁은 땅에 자리 잡고 있었
는데, 이사 간 집은 넓은 분지의 가운데에 자리 잡고 있어 주변의 밭도 넓고

앞의 시야가 확 트여 있었습니다. 먼저 살던 집에서 오른쪽으로 30여 미터를 오르면 등성이의 정상에 서는데 이곳에서 100여 미터의 거리에 있는 집으로 이사하는 겁니다.

₩먼저 살던 집에는 병구네가 이사 왔습니다. 병구 어머님의 고향은 서산군 운산면 원평리였습니다. 병구 어머님은 시력이 아주 안 좋았는데도 산촌에서 자라서 그런지 약초에 해박한 지식을 가지고 계셨습니다. 병구 아버님이 독사에 물리셨을 때 방죽으로 가서 거머리를 잡아다 뱀독을 빨아내게 해 살리신 것도 해박한 삶의 지식 덕이었을 겁니다. 병구는 일 년 후배인데, 어머님의 영향으로 각종 약초에 대한 지식이 풍부했습니다. 여러 번 병구랑 산에 가서 약초를 캔 적이 있는데 그때 캔 약초 중에 가장 기억에 남는 것은 '해박 주가리'[정확한 명칭은 백수오]였습니다.

이사 온 집은 먼저 살던 집에 비하면 대궐이었습니다. 집은 □자 구조였는데, 우선 위채에 부엌과 안방과 윗방이 있고 윗방 옆에 대청방이 있었습니다. 부엌에서 불을 때면 안방과 윗방을 거쳐 굴뚝으로 연기가 나가고, 대청방 앞에는 또 다른 부엌이 있어 대청방을 따로 덥히는 구조로 되어 있었습니다. 안방과 윗방 앞에는 널찍한 마루가 깔려 있고 대청방 앞에는 높은

대청마루가 놓여 있었지요. 오른쪽으로는 창고와 대문이 있고, 왼쪽에는 곡
식을 넣어 두는 뒤주와 외양간이 있었습니다. 안마당의 뒤쪽에는 화단이
있고 화단 너머로는 돌로 높직이 쌓은 담이 둘러쳐져 있었습니다. □자로
되어 있어 대문을 닫으면 외부와 완전히 차단되는 구조였지요.

대문 오른쪽 아래 벽에는 가로세로 25센티미터 정도의 구멍이 있는데 이
구멍은 닭이 드나드는 곳으로 구멍 밖에는 따뜻한 양지쪽에 닭장이 있었습
니다. 닭들은 대청방 옆쪽에 마련된 공간에서 자고 아침이면 이 구멍을 통
하여 닭장으로 들어가 생활하다 저녁에 이 구멍을 열어주면 다시 자신들의
보금자리로 들어갔지요.

대문을 열고 나가면 널찍한 바깥마당이 있고 바깥마당 한 편에 뒷간이
자리 잡고 있었습니다. 부엌 뒷문으로 나가면 장독대가 있고 장독대를 포
함한 집 뒤쪽을 둘러싸고 노간주나무 울타리가 널찍하게 자리 잡고 있었습
니다. 대문으로 나와 오른쪽으로 10여 미터만 가면 식수로 사용하는 우물
이 있었고 마당 옆에 허드렛일에 쓸 수 있는 샘이 하나 더 있었습니다. 집
앞쪽과 옆쪽으로는 널찍한 밭들이 펼쳐져 있고, 밭가에서부터 집 뒤쪽으로
는 큰 밤나무 열댓 그루가 빙 둘러서 있었습니다. 집 바로 앞쪽에는 미루나

무 은행나무 감나무 호두나무도 자라고 있었고요.

첫 번째 집에서도 많은 기억이 있었지만 대부분의 유년기의 추억은 이 집과 관계가 있습니다. 밤나무에는 아주 많은 밤들이 달렸고, 감나무에는 겨울에 홍시로 먹을 감들이 주렁주렁 달렸고, 넓은 밭에서는 다양한 채소와 참외, 오이, 고구마 등 다양한 먹거리가 자랐습니다. 집 앞 밤나무 아래에 서면 바로 눈 아래에 심통골의 다랑가지가 펼쳐져 있고, 학교 산 너머로 너른 예당평야를 지나 저 멀리 화양, 삽교, 예산, 아산으로 이어지는 장항선 뒤쪽의 차령산맥까지 한눈에 들어왔습니다.

지금은 첫째 집과 둘째 집 사이에 있던 등성이를 불도저로 밀어, 첫째 집을 덮어버리고 거대한 별장이 들어서 예전의 모습을 찾을 수 없고, 둘째 집도 무너져 내려 흔적을 찾기 힘들지만, 눈을 감으면 이 집의 구석구석과 주변의 모습들이 생생히 떠오릅니다. 머릿속에는 이 집에서 놀던 유년기의 모습이 아주 온전히 보존되어 있고요.

호랑이는 사람을 보살펴 줄 때도 있다
떡을 드리자니 닭이 무섭고 그냥 가져갈 수도 없고
소도 다 생각이 있어
땅벌에게 당하고도 살아난 염소
워치기 토끼를 죽인데유
다시 듣고 싶은 예쁜 새들의 노랫소리
정든 새매는 자유를 찾아 하늘로 날아가고
제비와 풍년새우와 투구새우는 언제쯤 다시 돌아올까?
어죽 지대로들 쒔네. 갸들
천장 위에서 열린 쥐들의 운동회
이 구렁이 술 담가겠네유
우리도 제각기 이름이 있답니다
네가 곱창을 좋아한다지?
이 젖소는 새끼를 못 낳는 소유

동물 이야기

호랑이는
사람을 보살펴 줄 때도 있다

　요즘 혼자 산에 들 때 가장 무서운 건 아마 멧돼지를 만났을 때일 겁니다. 물론 반달곰 서식지 복원에 성공한 지리산 일대에서는 곰과 만날 위험도 있을 테지만요. 그런데 동네 사람들을 가장 두렵게 했던 것은 산주인님이었다고 합니다. 호랑이라는 말을 함부로 할 수 없어 산주인님이라 했다죠.

　호랑이에 얽힌 얘기들이 많은데, 고모가 친구들과 함께 심통골에 와서 놀다 사석리 집으로 가려고 산고개를 넘다 고개 위에서 꼬리를 감고 조용히 내려다보고 있는 호랑이를 발견하고는 기겁하여 심통골 할머니 댁으로 도망쳤었단 얘기도 들었고, 사석리 산골에서 농사를 짓고 사시던 큰아버님과 큰어머님이 늦게 밭에서 일하다가 왠지 느낌이 이상하여 고개를 돌려보니 큰 호랑이가 밭 가에 앉아서 두 분을 물끄러미 바라보고 있어서 기겁하

24

여 모든 걸 버리고 산 아래로 이사하셨다는 얘기도 여러 번 들었습니다.

엄마가 해주셨던 이야기도 있습니다.

"예전 심통골의 한 할머니가 봄에 산나물을 뜯으러 가셨다 안 돌아오셨댜. 그래서 식구들이 밤새 찾았지만 못 찾았고, 이튿날 동네 사람들이 모두 나서 산을 뒤지다 반쯤만 남은 할머니의 시체를 무치기 뒷산에서 찾았댜. 그 산소가 지금도 무치기의 원호형네 집 옆에 있어. 얼마 전까지도 호랑이란 말을 함부로 허지 않었어. 노여움을 탈까봐."

무치기 원호형네 뒷산 너머에는 바위 절벽 아래에 큰 굴이 하나 있는데, 어른들에 의하면 예전에 호랑이가 살았던 굴이었다고 합니다.

내게도 산주인님에 관한 일화가 있습니다.

아버지는 3남 1녀 중 둘째로, 아래로는 삽교에서 농사를 지으며 현대건설 도로공사 현장에서 일하시는 작은아버지와 합덕 도곡리에서 농사지으시는 고모가 계셨습니다. 큰아버지와 큰어머님은 할머니 할아버지를 모시고 심통골의 옆 마을인 봉산면 사석리의 가장 깊은 골짜기에서 농사를 지으며 사셨습니다.

내가 두 살 나던 해, 증조할아버지 제사가 있던 날이었습니다. 해야 할 바쁜 일과를 대충 마무리하고 아버지는 덕산 읍내에서 돼지고기를 사 가지고 큰댁으로 먼저 떠나셨습니다. 엄마는 쇠죽을 쑤고 누나들 밥 챙기고 하다 보니 늦게 출발하실 수밖에 없었답니다. 큰댁으로 가려면 선희 할머니댁을 거쳐 심통골 할머니 댁을 지나야 했었습니다. 묘가 많아 사람들이 저녁에 지나다니길 꺼리는 작은 고개를 넘은 다음, 사석리에 있는 소란이라는 동네를 지나 음말을 거쳐 산 중턱까지 올라가야 했지요. 꽤 먼 길이었습니다.

집안일을 처리하느라 늦게 출발하여 할머니의 호통과 큰어머님 눈치가 두려웠던 엄마는 좀 더 빠른 산길을 택하였다고 합니다. 엄마는 어두워져 가는 저녁에 두 살 된 나를 업고 원호형이 살고 있는 무치기로 발길을 재촉하였습니다. 무치기에서 산꼭대기로 난 길로 바쁘게 올라선 후 세바골로 방향을 틀었을 땐 이미 컴컴한 밤이 되었다고 합니다. 엄마는 왠지 쭈뼛거려 낮에도 들어가기를 꺼리게 되는 세바골을 지나 다시 등성이 하나를 넘고서야 저 아래로 보이는 큰댁을 향하여 내려가셨습니다.

"네 각시는 워치기 허고 너 혼자 왔다네."

"예. 쇠죽도 쒀야 허고 애들 밥도 챙겨줘야 혀서 먼저 왔슈."

할머니의 지청구를 듣고 형과 형수의 눈치를 보며 아버지는 애간장이 탔는데, 어두컴컴하도록 엄마는 나타나지 않았습니다.

이미 캄캄해진 밤에 제수씨가 걱정이 된 큰아버지가 마당에 나와 바라보니 저 위 산등성이에서 희미한 불빛이 내려오고 있는 모습이 보였습니다. 큰아버지는 반가운 마음에 불빛이 다 내려오도록 기다렸다고 합니다. 이윽고 아기를 업은 제수씨가 마당에 나타났습니다.

"아이고 워치기 혼자 산길로 오셨데유. 애도 무거울 텐데 후라쉬 이리 주셔유. 지가 들을 께유."

"예? 저 후라쉬 안 들고 왔는데유."

"분명 산에서 내려오실 때 희미하게 불을 켜고 내려오는 것을 봤는데유.

26

그럼 그 불빛은 뭐지 유?'

"……."

나중에, 엄마는 이렇게 말씀하셨습니다.

"호랑이는 사람을 해치기도 하지만 사람을 보살펴 줄 때도 있댜."

그 불빛이 무엇이었는지는 지금도 알 수 없지만, 엄마는 그 불빛이 분명 호랑이 불빛이었고 호랑이가 우리 둘을 보호해 준 것이라고 굳게 믿었습니다. 어쩌면 그 불빛은 호랑이에게 화를 당한 사람의 무덤이 있는 무치기와 낮에도 들어가기를 꺼리는 세바골을 밤중에 거침없이 걸어갔던 강인한 엄마에게서 발산되었던 삶의 기운이 아니었을까요?

떡을 드리자니 닭이 무섭고
그냥 가져갈 수도 없고

"너는 뱀띠인디 뱀이 겨울잠에서 깨어나는 봄에 태어났

고, 아침이 훤허게 밝을 때 태어났으니께, 앞으로 잘 살

껴."

내 생일은 청명(淸明)을 지나 촉촉하게 내리는 봄비에 곡식의 싹이 튼다
는 곡우(穀雨) 바로 뒤여서 생일이 되면 날씨도 따뜻하고 집 주변과 밭둑에
새싹이 파랗게 돋습니다. 해마다 생일 때가 되면 엄마는 쑥을 뜯어오게 하
여 쑥 인절미를 만들어 주셨지요. 따뜻한 밭가로 쑥을 뜯으러 가면 성급하
게 나온 흰나비와 노랑나비를 만나기도 하고 겨울잠에서 깨어 따뜻한 햇볕
을 즐기며 혀를 낼름거리고 꼬리를 살랑살랑 흔드는 뱀을 볼 때도 있었습
니다. 밭에는 이미 하얀 냉이꽃이 피어 있는데 냉이와 같이 옹기종기 모여
노랗게 피어 있던 꽃다지가 특히 예뻤습니다. 쑥을 뜯을 때 보리밭이나 밭

28

가에 자라는 달래를 캐기도 하는데 처음엔 풀과 달래를 구분하기가 쉽지 않습니다.

"엄마 엄마, 학원이가 달래를 캤어요."

세 살 때인지 네 살 때인지 모르지만 처음 풀 속에서 달래를 찾아내어 캤을 때 누나들이 엄마에게 자랑하던 기억이 아직도 또렷합니다. 그날 아주 예쁜 자줏빛 꽃이 돌덤불에 피어 있는 것을 발견하고 뿌리가 궁금하여 돌을 몇 개 들어냈더니 앵두만 한 동그란 덩어리에 실 같은 몇 가닥의 뿌리가 달린 풀꽃을 상처하나 안 나게 들어 올릴 수 있었는데, 그렇게 예쁜 꽃의 뿌리가 너무 허술한 것을 보고 놀란 적이 있었습니다. 요즘도 봄에 현호색을 보면 그때의 기억이 되살아나 미소를 지으며 가만히 들여다보곤 합니다.

네 살 때였던 걸로 기억나는데 그날도 누나들과 쑥을 뜯어오자 엄마가 통나무 절구통에 삶은 쑥과 김이 나는 밥을 넣고 쿵쿵 찧은 후 콩가루를 무쳐서 향긋한 쑥 인절미를 만들어 주셨습니다.

엄마는 인절미를 그릇에 담고 보자기에 잘 싸서 주시며 말씀하셨습니다.

"이 떡 원호형네 갔다 드리고 와라."

다섯 가구가 사는 조그만 동네지만 친구가 둘이나 있었습니다. 둘 다 나이가 나보다 한 살이 많았지만 셋은 친구로 지냈습니다. 아랫집에 사는 선희와 무치기에 사는 10촌인 원호형이었습니다. 원호형네로 가려면 산굽이를 하나 돌아야 되고 언덕길을 한참 올라가야 되지만 당시는 숲이 헐벗어서 멀리서 봐도 어디에 가고 있는지 훤히 보였습니다.

엄마가 싸주신 떡 보자기를 들고 아장아장 산굽이를 돌고 언덕을 올라가 원호형네 집이 보이는 곳까지 갔는데 원호형네 식구들은 보이지 않고 닭들이 한가로이 두엄을 뒤지고 있었습니다. 이 닭 무리는 대여섯 마리인데, 장닭 한 마리가 대여섯 마리의 암탉을 거느리고 다녔습니다. 이 장닭은 붉고 큰 멋진 볏을 머리에 달고 있었고 몸은 윤기가 자르르 흐르는 검붉은 깃털로 덮여 있었는데, 특히 수수비처럼 무성한 검은빛의 꼬리가 압권이었습니다. 이 장닭은 항상 의기양양하게 "쿡쿡" 소리를 내며 암탉들을 거느리고 다녔는데, 발로 땅을 헤쳐 지렁이라도 나오면 부리로 집었다 놨다 하며 "쿡쿡" 소리를 냅니다. 그러면 암탉들이 달려와 냉큼 그 지렁이를 먹곤 했지요. 이 장닭은 자신이 거느린 암탉들에게 자신의 넘치는 힘을 과시하고 싶어했는데, 그 대상은 자기보다 힘이 약한 여자나 아이였습니다. 요놈은 사람을 공격할 때 날개를 푸드덕거리며 날아올라 다리로 사람의 몸을 공격하고 부리로 눈을 공격하는데, 예전에 몇 번 공격을 받았을 때 원호형네 식구들이 쫓아줘서 살아났던 경험이 있었습니다.

닭이 눈치 못 챌 만큼 멀리 떨어진 소나무 밑에서 한참을 기다렸는데도 아무도 보이지 않았습니다. 떡을 드리자니 닭이 무섭고 그냥 가져갈 수도 없고……. 한참 고민하다 소나무 밑을 파고 떡을 쏟아 묻고 빈 그릇과 보자기를 가지고 집에 왔습니다.

"떡 잘 갖다 드렸지?"

"응."

다음날 낮잠을 자다 비몽사몽간에 엄마와 원호형 어머님의 대화를 듣게 되었습니다.

"형님, 인절미 좀 드셔 보세유."

"웬 떡이랴?"

"어제가 학원이 생일이라 만든 떡인디유. 어제 학원이더러 형님네 갖다 드리라고 혔는디유?"

"잉? 떡? 받은 적 읍는디."

큰소리로 원호형을 불렀으면 식구들이 도와줬을 수도 있었을 텐데, 닭을 무서워하는 모습을 보이기 싫어 끝까지 아무도 부르지 못했고, 떡을 집으로 가져올 수도 있었지만 엄마에게 약한 모습을 보이기 싫어 떡을 땅에 묻고 왔습니다.

어려서부터 고집이 세고 자존심이 참 강했습니다.

일하기 싫은데 소깔(꼴. 소 먹이)을 베러 가야 할 때가 있었습니다. 건성으로 낫을 휘두르다 낫으로 손가락을 찍으면 낫의 날이 손가락뼈에까지 닿는 경우가 있습니다. 처음에는 하얀 속살이 보이다 피가 송송송 솟아나오기 시작합니다. 당황하고 겁도 나고 아프기도 하지만 쑥을 뜯어 비빈 후 상처에 대고 꾹 눌러 지혈을 시킵니다. 잠시 후 콩잎이나 도토리나무 잎 등을 대고 댕댕이 넝쿨 같은 끈으로 칭칭 감은 후 풀을 베지요. 풀을 한 짐 지고 돌아와 아무에게도 들키지 않으려고 노력하는데, 부모님께 들켜

"손가락은 왜 묶었냐?" 하고 물으시면

"아무것도 아뉴." 하고 숨겼지요.

자세히 말씀 드려봤자 조심성 없다고 혼날 것이 뻔했고, 실수한 자기 자신에게도 화가 났기 때문이지요. 실수한 모습을 식구들에게 조차 보이기

싫은 자존심 때문에 숨기고 식구들이 안 볼 때 몰래 소독을 했습니다.

　나만 그랬던 건 아닐 겁니다. 그 당시를 살았던 대부분의 사람들이 좀 무뚝뚝하고 자존심이 강했지요. 어쩌면 서로에게 자상한 관심을 줄 만한 여유가 없어서 무뚝뚝했을 수도 있고, 상대방에게 따뜻한 격려의 말을 해주는 것에 서툴러 그랬을 수도 있을 겁니다. 그런데 그 무뚝뚝함과 강한 자존심이 어려운 조건에서도 허튼 길로 가지 않고 나 자신을 지키며 살아갈 수 있는 힘이 되었으리라 생각해 봅니다.

소

소도 다
생각이 있어

농부들에게 가장 중요한 물건은 무엇이었을까요?

"농부는 굶어 죽더라도 그 종자를 베고 죽는다"라는 속담을 보면 농부에게 씨앗만큼 중요한 것은 없을 것 같습니다. 물론 땅도 중요하고 비도 적당히 와야겠지요. 그런데 한자의 어원을 보면 가장 중요한 것은 소(牛)인 것 같습니다.

한자가 만들어진 원형을 가장 잘 볼 수 있는 갑골문(甲骨文)에 보이는 '물건 물(物)' 자는 '소가 쟁기를 끄는 모습'으로 묘사되어 우경(牛耕)의 중요성을 강조하고 있습니다(오른쪽 그림 참조). 농경사회에서 쟁기를 끌어 논밭을 갈아엎어 주는 소야말로 '물건 중의 물건'이란 얘기지요. 사람이 괭이로 땅을 파는 것과 소를 이용하여 쟁기로 밭을 가는 것은 모르긴 해도 일의 효율이 100배 이상의 차이가 있을 것입니다.

예전에 농사를 짓는 집은 반드시 소를 키웠는데 모든 집들이 쟁기질을 위해 소를 키웠을까요? 심통골 다섯 집의 논밭은 대부분 원호형의 아버님이 쟁기로 갈아엎었습니다. 능숙하게 쟁기질을 하려면 머리 좋은 소를 훈련시켜 오랫동안 길러야 하는데, 일 년에 한두 번 논밭을 갈아야 하는 소규모의 농가가 여물을 많이 먹는 어미소를 기른다는 것은 매우 비효율적이고 어려운 일이었습니다.

그럼 농가에서 소를 키우던 가장 중요한 이유는 무엇이었을까요? '축산업(畜産業)'이란 한자어에서 '기를 축(畜)' 자를 보면 답이 나옵니다. '기를 축(畜)' 자는 '검을 현(玄)' 자에 '밭 전(田)' 자가 합쳐져 만들어졌지요. 농사의 기본은 '땅을 깊게 갈고 거름을 많이 주는 것(深耕多肥)'이라 했습니다. 화학비료가 없을 때 농업생산력을 좌우하는 것은 좋은 거름을 많이 확보하는 것이었고, 논과 밭(田)에 가장 좋은 거름은 검은색(玄)의 가축 배설물이었는데, 소는 가축 중에서 가장 많은 거름을 제공해주는 동물이었습니다.

소는 엄청 먹습니다. 예전 시골아이들의 가장 중요한 일과는 소꼴을 베는 것이었습니다. 어른들은 더 중요하고 바쁜 일을 해야 했기에 소 돌보는 것은 아이들에게 맡겨진 경우가 많았습니다. 아버지가 내가 국민학교 4학년 때 새로운 지게를 만드신 후 아버지가 쓰시던 지게를 물려주셨는데, 학교를 파하고 집에 오면 지게를 지고 들로 산으로 가서 그날 소가 먹을 소꼴을 한 바지게 베어 와야 했습니다. 소꼴을 베는 것을 멈춘 지 30여 년이 지났지만 요즘도 가끔 소깔을 베지 못해 낭패감에 젖는 꿈을 꾸곤 합니다. 겨울에는 아버지를 도와 작두를 이용하여 볏짚을 썰어 쌀겨나 보릿겨 등 농사 부산물을 넣고 아침저녁으로 여물을 끓여 소에게 가져다주는데, 소는 그 왕방울 같은 눈을 굴리며 쩝쩝 맛있게 쇠죽을 먹었습니다.

소의 생활공간인 외양간은 항상 청결하게 관리해주었습니다. 외양간에는 작두로 한두 번 정도 썬 마른 볏짚을 깔아주는데 쇠죽을 잔뜩 먹은 소는 그 마른 볏짚 위에 검은 똥을 척척 싸고 오줌을 좍좍 눕니다. 뽀송뽀송한 볏짚이 깔렸던 외양간은 한나절만 지나면 똥오줌으로 범벅이 된 질척질척한 상태로 바뀌지요. 그러면 쇠스랑으로 볏짚들을 걷어내어 삼태기에 담아 바깥 마당가에 있는 두엄 무더기에 쌓아두지요. 봄, 여름, 가을, 겨울 동안 쌓인 두엄은 비를 맞아가며 푹푹 발효가 되는데, 잘 발효가 된 두엄을 논농사가 시작되기 전인 겨울과 초봄에 논에 지게로 져다 골고루 펴줍니다. 거름이 충분히 뿌려진 논을 갈고 써레질한 후 모내기를 하면 벼가 아주 잘 자라게 되지요.

농사에 꼭 필요한 것이 소를 키우며 나온 거름인데 만약 소를 살 돈이 없다면 어떻게 했을까요? 소를 살 돈이 없으면 경제적 여유가 있는 집으로 찾아가 사정을 잘 말했습니다. 사정하는 사람이 평소에 신용이 좋고 부지런한 사람이란 확신이 서면 부잣집에서는 암송아지 한 마리를 사서 키우도록 배려해 주었지요. 그럼 그 소를 정성껏 돌보게 되고 그 과정에서 농사에 필요한 거름을 얻었습니다. 그럼 그 소를 언제까지 키울 수 있을까요? 송아지는 무럭무럭 자라 어미 소가 되고 임신하여 새끼를 낳습니다. 그럼 키운 사람은 송아지를 갖고 어미소는 소를 사준 사람에게 돌려주었습니다. 소를 사준 사람은 송아지를 사주고 어미소를 받았으니 꽤 알찬 투자였고, 소를 키운 사람은 키우는 과정에서 거름을 넉넉히 얻고 농사 밑천인 송아지까지 얻게 되었으니 노력한 만큼의 충분한 보상을 받았지요. 참 지혜로운 배려였던 것 같습니다.

소는 대부분 밤에는 외양간에 두고 낮에는 바깥마당 가 은행나무 아래에 매어두었는데, 소가 풀을 뜯어먹을 수 있도록 들판에 메어 둘 때는 줄이 얽히지 않도록 하는 게 가장 중요합니다.

"소가 오여지면 죽으니께 소가 잘 있는지 항상 잘 지켜봐야 혀."

"오여지는 게 뭐래유."

"소가 왼쪽으로 넘어지는 걸 오여진다고 허는 겨."

어른들은 항상 소가 오여지지 않게 해야 한다고 당부했는데, 마을에서 실제 그런 경우가 있었습니다. 무치기의 원호형네 소를 돌이 많은 산록에 묶어두었었는데 소가 발을 잘못 디뎠는지 왼쪽으로 넘어져서 죽었습니다. 넘어진 뒤 곧바로 발견했다면 살릴 수도 있었겠지만 죽은 다음에 발견되었습니다. 리어카나 차가 다닐 수 있는 길이 없는 산에서 덩치가 큰 소가 죽었습니다. 경황이 없는 중에도 식구 중 한 명이 읍내 정육점으로 뛰어갔고, 얼마 후에 정육점 주인이 와 산에서 소를 해체했고 동네 사람들이 지게로 해체된 소를 져 날랐지요.

외국의 소고기를 수입하지 않았던 시절 소는 농촌에 가장 큰 재산이었습니다. 작은 송아지를 사다가 1년만 잘 키우면 농가에 큰 목돈을 안겨 주었지요. 소가 소중한 존재였기에 아버지는 소에 극진한 정성을 쏟았습니다. 하루도 빠지지 않고 아침저녁으로 쇠죽을 쑤어 주었고, 볏짚으로만 쇠죽을 쑤면 영양이 부족하기에 소에게 주기 위해 늙은 호박과 호밀을 넉넉하게 수확했고, 틈만 나면 집 주변에서 자란 풀을 베어 말려 겨울에 소에게 주기 위한 향긋한 건초를 만들었지요. 농사 부산물인 쌀겨, 보릿겨와, 무 배추 시래기, 고구마 줄기도 온전히 소의 겨울 식량이 되었고요.

아버지는 여름철 모깃불도 식구들보다 우선 외양간에 먼저 피웠고, 겨울철에는 소가 추워할까 봐 외양간 주변의 바람이 통할 수 있는 곳을 볏짚과 비닐로 잘 막아주었습니다. 그것으로도 부족하여 소의 등이 따뜻하도록 볏짚으로 덕석을 만들어 등 위에 얹어 주었고, 틈만 나면 외양간에 가서서 소의 털을 깨끗하게 빗겨주었지요.

소는 매우 영리하고 자기 기분을 드러낼 줄 아는 동물입니다. 여름철 수박을 먹고 껍질을 소의 입에 넣어주거나 옥수수를 먹은 후 달콤한 옥수수 속대를 입에 쏙 넣어주면 쩝쩝 입맛을 다셔가며 먹고, 더 달라고 혀를 날름거리고 코를 벌름거립니다. 기분이 좋을 때는 잇몸이 다 드러나도록 입술을 들어 올리고 씨익 웃기도 하지요.

아버지는 보통 고덕 한내 우시장에 가서서 송아지를 사다 키운 후 다시 한내 우시장에 파셨습니다. 어느 해인가 집에서 송아지를 내어 무럭무럭 잘 자랐습니다. 송아지가 젖을 뗄 때가 되어 팔아야 하는데, 사람의 힘으로는 송아지를 어미에게서 떼어내 한내 우시장까지 끌고 갈 수가 없었습니다. 아버지는 어미 소를 끌고 한내 우시장으로 향했습니다. 송아지는 영문도 모르고 껑충거리며 어미 소의 뒤를 따랐지요. 우시장에 도착한 뒤 아버지는 미리 준비해 간 목줄을 송아지 목에 두르고 고삐를 우시장의 말뚝에 맨 후 송아지를 팔았습니다.

아버지가 어미 소를 끌고 집으로 향하자 말뚝에 묶인 송아지는 떨어지기 싫어 '음매음매' 울며 펄펄 뛰었지요. 어미 소도 송아지와 떨어지기 싫어 자꾸 송아지를 뒤돌아보며 '음머음머' 울고 눈물을 흘렸지만 아버지를 따라 집으로 돌아왔습니다. 어미 소는 집에 와서도 오랫동안 목이 쉬도록 애타게 송아지를 불렀습니다.

그런데 3일째 되던 날. 어미 소의 애타는 울음소리가 뚝 끊겼습니다. 밖에 나가보니 한내 우시장에 팔고 온 송아지가 집으로 찾아와 껑충껑충 뛰며 어미 소의 젖을 빨고 어미는 송아지를 핥아주고 있었습니다. 딱 한 번 갔던 낯선 길이었는데 어떻게 찾아왔는지. 송아지는 예전에 잤던 외양간에서 어미와 꿈같은 하룻밤을 보낼 수 있었습니다. 안타깝게도 다음날 아버지와 어미 소와 함께 다시 한내 우시장으로 가서 송아지 주인에게 인계되었지만요.

가축을 키워본 분들은 다 경험을 해보았겠지만 가장 안타깝고 힘들 때가 정을 주었던 가축을 떠나보낼 때입니다. 송아지뿐만 아니라 강아지, 염소 새끼, 토끼 새끼도 다 마찬가지지요. 어찌 보면 떠나보내는 쪽보다는 떠나간 가축이 받는 스트레스가 더 클 겁니다. 강아지를 분양받아오면 어미와 주인집을 잊지 못해 한 일주일은 밤낮으로 울어대고, 처음 집에 온 송아지도 목이 다 쉴 때까지 어미를 부르지요.

"큰댁에 가려고 사석리 읍말 두에씨네 마당가를 지나는디 소가 갑자기 벌떡 일어서더니 난리를 치는 겨. 왜 그러나 허구 가만히 보니 몇 달 전 한내우시장에다 팔었던 송아지더라구. 몇 달이 지났넌디두 알어보더라니께. 말 못 허넌 짐승도 다 생각이 있어. 함부로 허먼 뭇 써!"

아버지의 말씀이었습니다.

땅벌에게 당하고도
살아난 염소

이것저것 잘 먹는 동물은 키우기 쉬운데, 농가에서 가장 키우기 쉬운 동물은 염소일 것입니다. 아침에 염소 우리에서 데리고 나가 밭 가나 산기슭에 매어 두었다 저녁에 다시 우리로 끌고 오기만 하면 됩니다. 더운 여름철에 물만 잘 주면 풀을 뜯어먹고 아무 탈 없이 잘 자라고, 일 년에 한두 차례 한 번에 두세 마리의 귀여운 새끼를 낳습니다. 새끼는 맑은 눈을 깜빡거리고 작은 꼬리를 흔들며 깡충깡충 잘들 뛰노는데 높은 곳에 오르기를 아주 좋아합니다. 사람이 앉아 있으면 사람의 등으로 뛰어오르기도 하고, 강아지처럼 사람에게 다가와 몸을 비벼대기도 하지요.

아침에 염소우리에서 묶어 두었던 줄을 풀면 빨리 먹이를 먹고 싶은 염소가 앞장서 달려나가는데, 목의 힘이 얼마나 센지 줄을 잡은 사람이 줄줄 딸려갑니다. 특히 숫염소가 달리면 어른들도 질질 끌려가고, 아이들은 끌려가다 넘어지기 일쑤였죠. 밭가로 끌고 가는 도중 밭에 맛있는 곡식이 있으면 잽싸게 똑똑 끊어 먹는데 힘이 약한 어린 염소는 끌면 끌려오지만 힘이 센 어미염소는 아무리 끌어도 곡식만 뜯어먹을 뿐 끌려오지 않습니다. 그러다 보면 줄을 잡은 손은 아프고 어떤 때는 손을 다치기도 합니다. 화가 나서 염소의 엉덩이를 걷어차면 그때서야 마지못해 끌려오지요.

염소가 뜯어먹을 풀이 적당히 있는 데를 찾으면 쇠말뚝을 깊숙이 박는데 흙이 말랑말랑한 데에 박거나 얕게 박으면 그 센 목의 힘으로 당겨 말뚝을 뽑아 질질 끌고 맛있는 곡식이 자라고 있는 밭으로 달려갑니다. 염소를 멜 때 가장 조심해야 할 것은 염소를 맨 줄이 닿는 반경에 줄이 얽힐 나무나 바위 같은 것이 있으면 안 된다는 것입니다. 맛있는 풀을 뜯으러 이리저리 움직이다 그 나무에 줄이 얽히고, 줄이 얽히면 답답한 염소가 더 조급히 움직여 심할 경우에는 목이 졸려 죽는 경우가 생깁니다.

염소를 끌고 나가지 못할 정도로 눈이 많이 오는 겨울이나 장마철에는 쇠죽에다 겨를 조금 뿌려 주면 아주 맛있게 먹습니다. 또는 산에 가서 생솔가지를 뚝뚝 잘라다 주면 솔잎을 싹둑싹둑 잘 잘라먹고 잔솔가지까지 남김없이 씹어 먹지요.

염소는 겁이 많습니다. 날이 저물어 어둑어둑해지면 겁이 많은 염소는 자신을 데려가라고 '메에 메에' 목이 터져라 울어댑니다. 그럴 때 염소를 데리러 가면 좋아서 꼬리를 흔들며 어쩔 줄을 모르지요.

한 번은 부드럽고 연한 풀이 잘 나 있는 산감나무 아래에 염소를 맨 적이 있었습니다. 염소가 정신없이 풀을 뜯는 것을 보고 집으로 왔다 저녁에 찾으러 갔는데 아무 기척이 없었습니다. 이상하여 다가가 찾아보니 검은색 염소가 노란색으로 변해 넘어져 있었습니다. 땅벌집이 있는 줄 모르고 염소를 매어두었는데, 염소가 땅벌집을 건드렸고 자신의 근거지를 위협하는 염소를 수백 수천 마리의 땅벌들이 침을 박고 공격하여 넘어뜨린 것이었지요. 염소는 당연히 죽었을 거라 생각했는데, 가만히 보니 숨을 쉬고 있었습니다. 식구들과 같이 노란 염소를 두엄이 있는 곳으로 옮기고 수수비의 자루로 염소의 몸통에 붙은 땅벌들을 죽죽 밀어 제거한 후 그곳에 그냥 놔 두었습니다. 다음 날 아침. 염소를 놓아 둔 두엄 무더기에 가 보니 염소가 몸을 움직이고 있었습니다. 염소는 엄청난 무리의 땅벌 공격을 받고도 살아날 정도로 아주 강한 가축입니다.

워치기 토끼를
죽인데유

국민학교 때 아이들에게 토끼 키우기가 유행처럼 번졌습니다. 덕산 읍
내에 이모가 사셨는데, 이모 아들 봉만이형은 나보다 두 살 위로, 손재주가
좋았습니다. 국민학교 3학년 겨울방학 때 봉만이형의 도움을 받아 산에서
소나무를 베어다 토끼집을 만들었습니다. 70센티미터 길이의 팔뚝만 한 소
나무 기둥 네 개를 세우고 30센티미터 높이에 바닥을 만들고 위에 지붕을
덮었지요. 바닥은 토끼의 배설물이 아래로 잘 떨어지게 지름이 5센티미터
정도의 소나무로 틈을 두고 깔았고, 사방은 널빤지로, 위 지붕은 소나무 가
지로 막고 앞면은 철망으로 마무리했습니다.

아는 집에 가서 한 마리에 1,500원씩 주고 새끼 토끼 한 쌍을 사다가 키웠
는데, 무럭무럭 잘 자랐습니다. 토끼는 먹성이 좋은데 다양한 풀을 다 잘 먹
지만 씀바귀, 칡 잎, 아카시아 잎, 토끼풀 등을 특히 좋아합니다. 물론 토끼

가 좋아하는 먹이는 염소도, 소도 아주 좋아하지요. 다만 조심할 것은 아침에 이슬 묻은 풀을 준다거나 장마철에 빗물이 묻은 풀을 주는 것은 조심해야 하고, 물을 털어서 물기가 마른 먹이를 주어야 설사를 막을 수가 있습니다. 철망 속으로 아카시아 잎 등을 넣어주면 잽싸게 나와 먹이를 물고 오물오물오물 씹어 먹는데, 그 모습이 정말 귀여워 바라보고 있으면 시간 가는 줄 모릅니다.

토끼는 번식력이 무척 높습니다. 새끼를 키운 지 6개월이면 임신이 가능하고, 새끼는 한 달만 자라면 분양이 가능하지요. 조금 과장하면 햄스터만큼이나 기하급수적으로 개체수를 불릴 수 있습니다. 암토끼가 발정이 나면 수토끼 집에 넣어주면 되는데 임신한 뒤 새끼를 낳을 때가 되면 집 한쪽에 마른 볏짚을 모으고 자기 털을 뽑아 보드라운 보금자리를 만듭니다. 새끼를 낳은 토끼는 예민해지는데, 주변이 소란스럽거나 불안한 요인이 있으면 어미가 새끼를 다 물어 죽이기 때문에 토끼집을 좀 어둡게 해 주고 시끄럽지 않게 배려해 주어야 합니다. 어미도 귀엽지만 보금자리에서 꼬물대던 새끼들이 자라나는 과정은 더할 나위 없이 귀엽지요.

토끼 이는 계속 자라기 때문에 이갈이용 통나무를 넣어 줘야 하는데, 통나무로는 만족하지 못해서인지 탈출하고자 하는 본능 때문인지, 토끼는 시도 때도 없이 나무로 된 토끼장 이곳저곳을 갉아 구멍을 내고 탈출하기 때문에 수시로 토끼장을 보수해 주어야 합니다.

한 번은 새끼 중에 뒷다리 하나를 잘 못 쓰는 놈이 태어났는데, 죽지 않고 다행히 잘 자랐습니다. 안쓰러워서 식구들이 매일 쓰다듬어 주고 요놈이 있는 토끼장 문은 항상 열어주었더니, 강아지처럼 졸졸 사람을 따랐습니다. 밭에서 일하고 있으면 절룩거리며 밭으로 와서 곡식을 뜯어먹기도 하고 산과 집 주변 이곳저곳을 자유롭게 다니며 맛있는 것만 맘껏 뜯어먹다 보니 포동포동 살이 올랐습니다. 이곳저곳에서 놀다가 대문을 닫은 뒤에 늦게 집으로 돌아오는 경우도 있는데 그럴 때는 토끼가 앞다리로 대문을 박박 긁습니다. 대문 긁는 소리를 듣고 대문을 열어주면 부자유스러운 몸으로 깡총거리며 자기의 집으로 들어가곤 했습니다.

그런데 어느 겨울날, 토끼가 돌아오지 않았습니다. 늦게까지 기다려도 안 왔고 다음 날도 그다음 날도 토끼는 돌아오지 않았습니다.

며칠 후에 집 뒤 오리나무 아래서 아버지와 갈퀴나무를 하고 있었는데, 갈퀴로 오리나무 잎을 긁으시던 아버지가 소리치셨습니다.

"어, 여기 토끼 있다!"

"예?"

달려가 보니 몸이 반쯤만 남은 토끼가 오리나무 잎으로 덮여 있었습니다.

"살쾡이 짓이다."

눈물이 핑 돌았습니다.

집으로 가 삽을 가져다 양지쪽에 잘 묻어주었습니다.

토끼 새끼는 장날 내다 팔기도 하고 일부는 토끼장을 더 만들어 키우다 보니 토끼가 자꾸 늘어났습니다. 어느 날 학교에서 돌아와 보니 덕산 이모부와 친구분들이 오셔서 집안이 시끌벅적하였습니다. 그런데 토끼장이 휑합니다. 그리고 부엌에선 고기 삶는 냄새가 나고.

"엄마, 토끼 잡은 겨?"

"이모부가 잡으셨어."

화가 머리끝까지 치밀어 올라 악을 쓰며 소리쳤습니다.

"이모부! 워치기 토끼를 죽인데유."

"허허."

아무리 화를 내도 소용없습니다. '허허' 너털웃음 두 마디면 끝.

당시 토끼는 나의 분신과 같은 존재였습니다. 산과 들로 다니며 맛있는 풀만 뜯어다 토끼에게 먹이고, 비라도 오거나 이슬이 묻은 먹이는 일일이 물기를 제거해 먹였지요. 시간이 나면 맛있는 풀이 있는 곳으로 데리고 가 풀어주기도 했고요. 다른 집들은 토끼를 길러서 잡아먹기도 했지만 우리 집은 아버지도 나도 토끼를 죽이지 못해서 잡아먹는 건 꿈에도 생각하지 못했습니다.

그런데 이모부와 친구들이 오시면 그렇게 정성들여 키웠던 토끼를 안주로 만들어 버립니다. 그런 날은 이모부뿐만 아니라 토끼 잡는 것을 허락하신 엄마와 아버지에게도 화를 내고 말조차 하기 싫었지요.

딸아이도 애완동물에 관심이 많습니다. 강아지, 고양이, 토끼, 닭을 키우고 싶다고 노래를 불렀는데, 아파트에서 키울 수가 없어 허락해 주지 않았지요. 대신 햄스터를 두 번 키운 적 있습니다.

작년에는 학급에서 달팽이를 키웠는데, 친구들이 달팽이를 너무 함부로 대한다고 집으로 데려왔습니다. 엄지손톱만 한 놈을 데려왔는데 1년이 지난 지금 손바닥만 하게 컸습니다. 지금은 가족들이 같이 돌보는데, 매일 아침 배설물을 치운 후 분무기로 물을 뿌려 습도를 유지하고 신선한 양상추, 단호박, 참외, 수박 등을 넣어 주며 가끔 달걀 껍질을 주어 자기 껍데기를 갉아먹지 못하도록 조심스레 돌보고 있습니다.

사육 상자가 작아져서 상자도 한 번 바꾸어 주었지요.

다시 듣고 싶은
예쁜 새들의 노랫소리

봄 잠에 새벽이 온 지도 몰랐는데

새 소리 여기저기서 들리네.

간밤의 비바람에

꽃은 또 얼마나 떨어졌을까?

— 맹호연, 「봄날 아침(春曉)」

봄이 오면 모든 새들의 음색이 밝아집니다. 좀 구슬프게 '국국 국 구, 국 국 국 구'하고 우는 산비둘기 소리마저 밝은 음색으로 바뀌지요. 이 시에 나 오는 새 소리도 맑고 명랑한 음색이었을 겁니다.

그럼 이 시에 나오는 새는 무슨 새일까요? 참새였을 거라 생각해 봅니다. 사람 사는 집 주변에는 새들도 많이 모여 사는데, 가을에 곡식을 먹는다는

48

이유로 사람에게 환영받지 못하면서도 사람 사는 집을 떠나지 않는 새가 참새입니다. 참새는 사계절 사람들이 사는 집 주변을 떠나지 않으며 초가 집 처마 밑이나 담의 빈 공간에 집을 짓고 사는데, 봄부터 초여름까지 새끼를 키우는 때는 암수 한 쌍씩 떨어져 살지만 그 외 기간에는 많은 무리로 모여 살아갑니다.

우리 집 주변의 새들은 저녁이 되면 바람을 피할 수 있는 노간주나무 울타리나 초가집 처마 아래로 모여들었는데, 와자지껄 소란스럽다가 밤이 되면 쥐 죽은 듯 조용해졌습니다. 새벽이 되어 어둠이 서서히 걷히기 시작하면 한 마리가 '짹' 소리를 냅니다. 시간이 지남에 따라 두 마리가 '짹짹' 소리를 내고, 좀 있다 '짹짹짹' 지저귀다가 날이 밝으면 밤새 안부를 묻는지 오늘 어디서 먹이를 먹어야 할지를 상의하는지 '짹짹짹 짹짹짹' 와자지껄해지지요. 위의 시는 아마 하루 중 이 때에 지은 것 같습니다. 잠시 소란스럽던 새들은 좀 있으면 먹이를 찾아 포르릉 포르릉 날아가 집 주변은 조용해집니다.

참새와 비슷한 외모를 가졌으면서도 민가에는 잘 오지 않고 들판에서 살아가는 새로 멧새가 있습니다. 눈이 소복이 쌓인 겨울날 논가에 있는 찔레나무 덤불에서 '짹, 짹, 짹, 짹' 외롭게 들리는 울음소리가 바로 멧새의 소리지요. 눈이 하얗게 내린 겨울날 멧새를 잡으려고 눈 위에 볏짚을 깔고 덫을 만들어 놓곤 했는데, 한 번도 성공한 적은 없습니다.

봄이 왔음을 가장 먼저 알리는 새는 종달새였습니다. 아지랑이 피어오르던 이른 봄날, 학교 가는 길 양지쪽에 있던 보리밭을 지날 때면 으레 종달

새가 날아올랐죠. 처음에는 '지이룽 지이룽 지이룽 지이룽'하고 좀 길게 울면서 하늘로 오르다 나중에는 '찌르룽 찌르룽 찌르룽 찌르룽'하고 빠른 소리를 내며 수직으로 계속 올라갔고, 나중에는 새의 모습은 보이지 않고 명랑한 소리만 하늘 위에서 들려왔지요. 봄이 왔다고.

제비도 봄의 전령사였는데, 소가 논에서 쟁기로 논을 갈아엎고 있는 어느 봄날 제비가 날아다니는 것을 보면, '아! 제비가 왔네.' 하며 반겼죠.

제비와 비슷한 시기에 돌아와 걸을 때마다 고개를 앞뒤로 흔들고 꼬리를 위아래로 좀 방정맞게 흔들며 쟁기질하는 소 뒤를 따라다니는 하얀 바탕에 검은 무늬를 한 새가 있는데, 제비와 함께 봄을 알리는 봄의 전령사 할미새입니다. 이 새는 위아래로 올라갔다 내려왔다 하며 날아가는데, 날 때마다 '쪼로롱 쪼로롱' 하고 밝은 소리를 내곤 합니다.

예쁜 깃털로 장식하고 아름다운 목소리를 가진 새들은 호기심을 자극했는데, '오로로 로로로록, 호로로 호로로록' 늦봄부터 밭가에 있는 소나무 꼭대기에서 구슬 굴러가듯 예쁜 소리로 울어대는 휘파람새가 있었습니다. 그 새를 자세히 보고 싶어 접근하지만 아무리 조심해서 다가가도 언제든 눈치채고 포로롱 날아갔습니다. 그러던 어느 날 새가 울어대던 나무 아래 도토리나무 덤불에서 알록달록한 알들이 담겨 있는 새의 둥지를 발견했습니다. 어미새를 잡아 보고 싶은 마음에 연실로 올무를 만들어 둥지 안에 설치하고 줄을 길게 늘여 나무 아래에 숨어 새가 둥지로 들어가길 기다렸습니다. 오랜 기다림 끝에 새가 둥지로 들어가는 것을 확인하고 줄을 힘껏 당겼지만 줄은 가볍게 끌려오고 새는 포로롱 날아갑니다. 몇 날 며칠을 두고 시도 했지만 항상 빈 줄만 끌려왔는데, 그러는 사이에 새끼가 부화되어 어미새 잡기는 포기하고 말았습니다. 밤나무에서 알락할미새의 둥지를 발견하여 알의 변화를 확인하러 매일매일 찾아가기도 했지요.

가장 쉽게 잡을 수 있는 새는 무씨와 하루나[유채] 씨를 좋아하던 방울새입니다. 초여름에 밭에서 씨가 잘 익은 무나 하루나를 마당에 널어 놓으면 '쪼로롱 쪼로롱' 무리지어 날아와 씨를 쪼아 먹는데, 삼태기 아래에 하루나 씨를 뿌린 후 연줄로 연결한 막대로 삼태기를 고여 놓고, 대문 안에서 기다리고 있으면 조심성 부족한 방울새들이 삼태기 아래까지 와서 하루나 씨를 먹는데, 그때 줄을 잡아당기면 방울새들이 삼태기 안에 갇히게 됩니다. 삼태기 안으로 손을 집어넣으면 벌어진 틈새로 대부분의 새들은 날아가고 한 두 마리가 잡힙니다. 보드라운 새를 잡고 있다 날리면 노란 무늬가 있는 예쁜 날개를 저으며 포르르릉 날아가지요.

집을 지을 때는 흙벽돌로 짓기 때문에 시골집 주변의 산록엔 반드시 황토를 파낸 절벽이 있습니다. 우리 집 옆에도 황토를 파낸 곳이 두 군데 있었는데 그곳으로 파란색의 새가 맑은 소리로 '찍, 찍, 찍, 찍' 노래를 부르며 빠르게 드나드는 것을 보았습니다. 어느 날 사촌 형과 가서 찾아보니 흙벽에 5센티미터 정도 되는 구멍이 하나 뚫려 있었습니다. 밤에 형과 같이 가서 구멍을 막고 삽으로 구멍을 파서 새를 잡았는데 비췻빛이 나는 깃을 가진 물총새였습니다.

심통골에서 살아가는 새 중 가장 아름다운 새는 청호반새였습니다. 학교산에 개울물이 흐르며 산을 깎아내려 10여 미터 높이의 골짜기를 만들었는데, 이곳에 청호반새 둥지가 있었습니다. 10여 미터 높이의 절벽 중 6~7 미터쯤의 위치에 10센티미터 정도의 구멍이 뚫려 있었는데 청호반새는 이곳으로 드나들었습니다. 부리와 다리는 붉고 날개와 등은 비취색과 검은색으로 윤이 나며, 목은 희고 배는 노란빛으로 비둘기만큼이나 큰 새인데, '까르릉 까르릉 까르릉'하고 맑은 노래를 부르며 나는 모습은 압권이었습니다.

"야, 저것 좀 봐, 날아갈 때 날개에 태극기 모양이 생기는 거 같어."

"야, 그 새 멋있다."

"우리 저 새 잡아볼래?"

"야, 저 높은 곳으로 들어가는데 위치기 잡냐?"

"야, 밧줄을 꼬아서 저 위 소나무에 메고 내려와서 잡으면 되지."

"증말로 허자구?"

"그려 혀 보자구."

그날부터 심통골 애들이 모두 한데 모여 새끼줄을 꼬았습니다. 충분한 새끼줄이 확보된 뒤에 문환이네 벗나무에 새끼줄 한 줄을 고정시키고 그 새끼줄에 다른 새끼줄을 덧대어 밧줄을 만들어갔습니다. 10여 미터의 밧줄이 완성된 뒤에 모두 함께 밧줄을 메고 학교산으로 가 청호반새 둥지의 위쪽에 있는 소나무에 밧줄을 고정시켰습니다. 그리고 숨어 있다가 청호반새가 구멍으로 들어간 뒤 문환이가 밧줄을 타고 내려가 구멍의 입구를 막는 데 성공했고, 몇이서 번갈아가며 밧줄을 타고 내려가 삽으로 구멍을 파 청호반새를 잡는 데 성공했지요.

"야, 잡았다."

"워디 날개에 태극기가 있는지 보자."

"날개를 펴 봐도 태극기는 읍는디."

"야아, 그래도 멋있다."

추운 겨울철에 배가 아파도 캄캄한 대문 밖에 있는 변소에 가기가 무서워 참다 참다 더 못 참고 아버지와 함께 대문 밖 변소에 갈 때, 별이 총총한 하늘을 배경으로 변소의 지붕 위에 시커멓게 앉아 '부우 엉, 부우 엉' 소리를 내던 집채만 한 부엉이. '끼우우욱 끼우우욱' 소리를 내며 하늘에 한 번 뜨면 '애기도 잡아간다'는 소리에 무서워 벌벌 떨며 집 주변에서 두엄을 헤치던 닭을 닭장으로 몰아넣게 만들었던 솔개. 모내기가 끝난 파란 논에 서서 우렁과 미꾸라지를 콕콕 쪼아 먹던 백로와 왜가리. 울 때마다 고개를 숙이며 '뜸— 뜸— 뜸— 뜸—'하고 자신의 존재를 알리던 뜸부기. 봄이 오면 묘지 위에 올라가 '꿩어엉 꿩엉'하고 소리친 후 '푸드드득' 날개를 퍼덕이며 자신을 과시하던 장끼. 천의 목소리를 가지고 무서울 정도로 자신의 영역을 잘 지키던 꾀꼬리. 산에 가면 가장 쉽게 만날 수 있는 무던한 성격의 어치 등등 참으로 많은 새들이 심통골을 터전으로 살아갔습니다.

정든 새매는 자유를 찾아
하늘로 날아가고

얼마 전에 아이들 사이에서 다마고찌 키우기 열풍이 불었고, 포켓몬 잡기 열풍이 불기도 했습니다. 요즘 아이들은 핸드폰을 이용한 게임이나 유튜브의 시청으로 심심할 시간이 없습니다. 그럼 전기가 들어오지 않아 TV도 못 보고 마땅히 읽을 책도 변변히 없고 컴퓨터도 없던 70년대 중반 산골 마을에서는 아이들이 무슨 놀이를 즐기며 놀았을까요?

봄철에는 찔레나 시영 꺾어 먹기, 삐비 뽑기, 새집 뒤지기 등이 있고, 여름에는 저수지에서 물놀이나 물고기 잡기를 했고, 뱀 잡기, 벌집 건드리기 등의 놀이가 있었습니다. 가을에는 으름이나 머루, 뽀루수, 밤, 홍시 따 먹기 등이 있었고, 겨울에는 썰매 타기, 칡뿌리 캐기, 연날리기, 윷놀이, 논바닥에서 삽으로 미꾸라지나 우렁 잡기 등이 있었죠. 이렇게 말하면 매일 한가롭게 놀기만 한 것 같은데, 물론 가장 중요한 일은 부모님을 도와 가축을

54

돌보고 농사일을 도와드리는 것이었지요.

놀이 중에서 가장 재미난 놀이를 하나 고르라면 새 기르기를 꼽을 수 있을 것 같습니다. 새 기르기의 시작은 아리랑 고개의 윤복이 아저씨로부터 시작되었습니다. 아저씨라고 해봐야 나이가 나보다 한 살 더 먹었을 뿐인데 성씨가 한산 이 씨로 같고, 항렬이 아버지와 같은 복(馥) 자 돌림이었기 때문에 아저씨였습니다. 그러고 보면 주변에 한산 이 씨가 많았습니다. 심통골의 무치기 원호형 아버님과 심통골 할머니의 아들 창복이 아저씨도 복(馥) 자 돌림이었고, 문환이 어머님은 창복이 아저씨의 누님이었습니다. 윤복이 아저씨의 옆집에 종수 선배가 있었는데 종수 선배랑 윤복이 아저씨는 같은 나이였지만 종수 선배 아버님의 항렬이 원(遠) 자로 윤복이 아저씨보다 한 단계 낮았기 때문에 종수 선배는 동창인 윤복이 아저씨를 할아버지라고 불러야 했습니다.

어느 날 윤복이 아저씨가 새 두 마리를 키우는 모습을 보게 되었습니다. 새는 산비둘기와 까치였는데 두 마리 다 훈련이 아주 잘 되어 있었습니다. 새들은 어렸을 때부터 키우기 시작하면 키워준 사람을 어미로 생각하고 따른다고 합니다. 그래서 어린 새끼를 가져다 키웠다는데 제법 성장하여 자기 마음대로 날아다니며 놀다가도 윤복이 아저씨가 부르면 멀리서 날아왔습니다. 그런데 비둘기와 까치의 모습은 조금 달랐습니다.

비둘기는 윤복이 아저씨가 '구구구구, 구구구구'하고 큰 소리로 부르면 숲에서 날아와 5미터 앞의 땅에 내려앉은 뒤 종종걸음으로 윤복이 아저씨 곁으로 다가왔습니다. 처마 밑에 집을 마련해 줬는데 저녁에는 집에서 자고 아침이면 집 주변으로 나가 놀다가 아저씨가 수시로 부르면 날아와 친밀감을 유지하고 있었습니다.

비둘기보다 멋진 새는 까치였습니다. 어린 새끼를 까치집에서 가져다 키웠다는데, 까치는 잡식성이라 사람이 먹는 음식은 가리지 않고 다 잘 먹어 키우기 쉬웠다고 합니다. 까치집도 비둘기집 옆에 준비해 뒀는데, 까치도 충분히 성장한 후 집 주변을 자유롭게 날아다녀 집에 없을 때가 많았습니다. 윤복이 아저씨가 '깍깍깍깍, 깍깍깍깍'하고 부르면 저 멀리 소나무 숲에서 까치 한 마리가 '깍깍 깍깍'하고 화답하며 날아와 윤복이 아저씨가 내민 팔 위에 척 앉았습니다.

"와~ 멋지다!"

팔을 내밀면 팔에 앉고, 팔을 내밀지 않으면 날아와 어깨에 척 앉는 까치를 가진 윤복이 아저씨는 온 동네 아이들의 영웅이었습니다.

그날 이후로 우리들은 집에서 키울 수 있는 어린 새를 찾아다니기 시작했습니다.

어느 날 문환이가 말했습니다.

"학원아 학원아, 내 뜸부기 집 찾아냈다. 이따 잡으러 가자."

"그려."

지금은 뜸부기가 우리나라에서 거의 멸종되었지만 예전에는 들판에서 가장 흔히 볼 수 있는 여름 철새였습니다. 모내기가 끝난 파아란 들판의 이곳저곳에서 '뜸──뜸──뜸──뜸──뜸─ 뜸─ 뜸─ 뜸─ 뜸뜸뜸뜸 뜸뜸뜸뜸뜸뜸뜸뜸'하고 빨간 볏이 달린 머리를 흔들면서 자신의 존재를 알렸기 때문에, 사람들에게 자주 눈에 띄었고 아주 친숙한 새였습니다. 뜸부기가 울 때는 사람으로부터 가까워도 30여 미터의 거리를 두고 우는데, 좀 더 가까이 보고 싶어 고개를 숙이고 아무리 조심해서 접근해도 어떻게 아는지 접근한 만큼의 거리를 달아나 놀리듯이 또 울어대서, 멀리서 바라볼 수는 있지만 너무 가까이는 가지 못하는 신비감을 간직한 새였습니다.

학교가 끝난 뒤 문환이가 발견했다는 뜸부기 둥지로 조심스럽게 접근하여 뜸부기를 잡는 데 성공했습니다.

"와아 뜸부기를 잡았다. 멋지지?"

"그려 멋지다."

"뜸북아 뜸북아, 우리 뽀뽀하자. 으음—"

뜸부기를 잡은 기쁨에 문환이가 뜸부기 부리에 입을 갖다 대자 뜸부기가 문환이의 입술을 콱 찍었습니다.

"아야!"

문환이의 입술은 면도칼로 자른 듯이 날카롭게 베어졌고 잠시 후에 베어진 입술에서 빨간 피가 나와 뚝뚝 떨어졌습니다.

"야, 네 입술에서 피가 많이 난다."

"어, 이놈 봐라."

"야, 뜸부기 놔 주자."

결국 다급한 문환이는 뜸부기를 놔주고 논둑에서 파란 쑥을 뜯은 후 비벼서 입술에 대고 지혈을 했습니다. 결국 뜸부기 키우기는 수포로 돌아갔습니다.

그해에 문환이는 따오기 새끼를 둥우리에서 꺼내다 키우는 데 성공했습니다. 새끼를 잡아다 비어 있던 토끼장에 넣어두고 물고기를 잡아다 입에 넣어주면 넙죽넙죽 잘 받아먹고 무럭무럭 잘 자랐습니다. 그런데 따오기 둥우리 아래에 흰 똥이 그득했고 비릿한 냄새가 진동했습니다. 그때 우리는 그 새를 따오기라고 믿었는데 지금 와서 생각해 보면 따오기가 아니라 왜가리였습니다.

개골의 한 친구도 논에서 작은 오리 병아리 10여 마리를 잡아다 키웠지만, 나는 그해에 키울 수 있는 새를 잡는 데 성공하지 못해 새 기르기를 하지 못했습니다.

다음 해 아직은 날씨가 쌀쌀한 이른 봄에 산에 있는 밭가의 소나무에서 비둘기 둥지를 발견했습니다. 둥지에는 솜털로 덮여 있었지만 어미새만큼 큰 새끼 두 마리가 있었는데 어미는 보이지 않았습니다. 새끼를 본 순간 뭔가 이뤄냈다는 쾌감으로 온몸이 짜릿했습니다. 두근대는 가슴을 억누르며 따뜻한 비둘기 새끼를 집으로 데려왔습니다.

'그런데 뭘 먹여야 하지?'

요즘 같으면 인터넷을 검색하여 새끼비둘기 키우는 방법을 쉽게 터득할 수 있겠지만, 그때는 그런 지식을 얻을 곳이 마땅하지 않았습니다. 시골에서 비둘기 하면 떠오르는 것이 '콩'이기 때문에 콩을 물에 불려 부풀린 후에 콩을 조금씩 떼어내 비둘기 새끼에게 먹였습니다. 윤복이 아저씨처럼 '구구구구'하고 비둘기를 부를 날을 꿈꾸며.

그러나 비둘기 새끼는 며칠 후에 죽었습니다. 나중에 안 사실이지만 비둘기는 새끼를 기를 때, 어미 비둘기가 먹이를 먹고 소화시킨 비둘기 우유(피죤 밀크)를 입으로 토해 새끼에게 먹이는 것이었습니다. 새끼는 콩을 소화시킬 수 없었던 거지요.

그 뒤로도 봄 내내 산을 열심히 헤매었지만 작은 새의 둥지만 발견했고 집에서 키울만한 새 둥지는 발견하지는 못했습니다.

초여름 어느 날. 집 뒤의 소나무 밭을 지나는데 '끼욱끼욱끼욱끼욱끼욱끼욱끼욱, 끼욱끼욱끼욱끼욱끼욱끼욱끼욱'하는 날카로운 울음소리와 함께 두 마리의 새매가 머리 주변을 쌩쌩 날아다니며 위협했습니다. 머리가 쭈뼛쭈뼛 섰지만 주변에 뭔가 있을 거라는 확신이 섰습니다. 앉아서 가만히 살펴보니 소나무 위에 큼지막한 둥지가 보였습니다. 소나무를 타고 둥지로 올라가는데 두 마리의 새매는 더욱 날카로운 소리를 내며 격렬하게 머리 주변을 날아다녔습니다. 개의치 않고 올라가 보니 둥지에는 새하얀 솜털로 덮인 새끼 두 마리가 있었습니다.

"우와아!"

솜털로 덮인 새끼를 들고 오는데 어미가 계속 따라오며 '끼욱끼욱끼욱끼욱끼욱끼욱, 끼욱끼욱끼욱끼욱끼욱끼욱끼욱' 울어댔습니다.

집에 돌아온 후 새끼들을 위해 박스로 포근한 둥지를 만들어 사용하지 않는 대청 마루방에 둥지를 두고, 개구리를 잡아다 먹기 좋게 찢어 입에 넣어주며 '끼욱끼욱끼욱끼욱'하며 어미 소리를 내주었습니다. 새끼들은 찢어서 먹여주는 개구리를 뼈째로 덥석덥석 잘도 삼켰습니다.

아침에 일어나자마자 개구리를 잡아다 새끼가 먹기 좋게 찢어서 새끼 두 마리의 배가 볼록하게 먹여놓은 후 학교에 가고, 돌아와서는 또다시 개구리 먹이를 주곤 했습니다. 이틀쯤 지난 후 학교에서 돌아오니 엄마가,

"저 새 당장 어미에게 돌려주고 와라. 방 벽이 온통 새똥투성이여, 냄새 나서 못 살겠어."

방에 들어가 보니 냄새가 심하긴 심했습니다. 냄새는 그렇다 치고, 새 둥우리보다 높은 방의 벽에 새똥이 흘러내린 것은 이해가 되지 않았습니다.

엄마의 성화에 못 이겨 집 뒤란 처마 아래로 안 쓰는 토끼 집을 옮기고 그곳에 둥지를 만들어주었습니다.

토요일 오후 하교 후에 새끼 두 마리를 안고 밤나무 아래로 갔습니다. 밤나무 아래에 방석을 깔고 새끼들을 방석에 내려놓고 개구리를 잡아다 배불리 먹인 후 방석에 엎드려 새끼들과 눈높이를 같이하고 흐뭇한 눈으로 새끼들을 바라보고 있었습니다. 그런데 먹이를 충분히 먹은 새가 뒤로 돌아 엉덩이를 내 얼굴 쪽으로 향한 후 자꾸 다가오더니 머리를 낮추고 엉덩이를 한껏 들어 올렸습니다.

"딱!"

"앗!"

묽은 새똥이 이마에 명중했습니다.

"아하! 이거다."

새 둥지보다 높은 방의 벽지에 새똥이 묻어있던 비밀이 풀리는 순간이었습니다. 그러고 보니 새끼를 꺼내려 둥지에 올라갔을 때 둥지는 깨끗했고, 둥지 아래는 온통 새똥으로 하얗게 뒤덮여 있었습니다. 먹이를 먹고 똥이

마려운 새끼는 엉덩이를 바깥쪽으로 돌리고 최대한 둥지 끝까지 간 후 대포를 쏘는 것처럼 엉덩이를 올린 후 '딱' 발사하는 것입니다. 이런 본능이 새둥우리를 청결하게 유지하는 비결이었습니다.

그때는 새매를 키우기 쉬웠는데, 지금 똑같은 상황이 온다면 새매의 중요한 먹이가 되는 참개구리가 없어졌기 때문에 새매를 키우기 어려울 것입니다.

예전에는 참개구리가 참 많았습니다. 봄철에 추위가 풀리면 들판은 온통 개구리로 덮였고 밤낮없이 개구리 소리로 와자지껄했지요. 특히 모내기하려 써레질을 끝낸 논에는 물 위에 떠서 양볼의 공기주머니를 부풀리며 '와가가각 와가가각'하고 울어대는 참개구리로 수면이 새까맸었는데 요즘은 참개구리 보기가 하늘의 별따기입니다. 요즘도 봄이 되면 들판에서 개구리 소리가 들리지만 참개구리 소리는 100에 한 둘이 있을까 말까 하고, 대부분은 높은 소리로 '꽉꽉꽉꽉꽉꽉꽉꽉꽉' 울어대는 청개구리 울음소리뿐입니다.

여름철에 논둑을 걸어가면 참개구리가 싸는 오줌으로 발이 흥건히 젖었지요. 참개구리는 가만히 앉아 있다가 사람이 가까이 다가오면 사람 쪽으로 오줌을 찍 갈기고 '꽉' 소리를 지르며 50센티미터 이상 펄쩍 뛰어 도망가지요. 이건 뱀이나 천적이 다가올 때 아주 유용한 방어수단이었을 것 같습니다.

개구리는 시력이 안 좋아 움직이는 것은 무조건 먹이로 인식하지요. 그래서 장마철이 되면 고추밭에 갓 달린 풋고추를 이놈들이 많이 따놓았지요. 풋고추가 막 달린 고추 줄기가 빗줄기와 바람에 흔들리면, 흔들리는 고추를 먹이로 알고 큼지막한 참개구리가 '꽉' 소리를 지르며 뛰어올라 덥석 물고 늘어집니다. 그러면 힘없는 고추가 똑똑 떨어져 부모님들의 애간장을 녹였었지요. 짓궂은 어른들은 이런 참개구리를 놀려먹곤 했는데, 거의 다 피워 짤막해진 불붙은 담배꽁초를 개구리 앞에다 툭 던지면 먹이로 착각한 개구리가 덥석 물었다 뜨거워서 팔짝팔짝 뛰곤 했지요.

개구리가 우리 주변에서 없어진 가장 큰 이유는 농약과 비료 때문입니다. 개구리가 알을 낳고, 알에서 부화한 올챙이가 자라는 논물에 농약과 비료가 흘러들어 올챙이가 더 이상 살아갈 수 없게 되었습니다.

또 한 가지 이유는 편리함을 위해 점점 더 많아지는 콘크리트 수로입니다. 콘크리트 수로 중 큰 것은 넓이 2~3미터에 깊이가 1~1.5미터쯤 되는데 이런 수로는 작은 동물은 말할 것도 없고 멧돼지나 고라니도 건너기 쉽지 않고 빠지면 죽을 수밖에 없는 크나 큰 함정입니다. 가장 작은 수로라고 해도 깊이와 넓이가 30~50센티미터쯤 되는데 이곳은 개구리나 뱀 같은 작은 동물의 이동을 방해하고 이런 동물이 한 번 빠지면 살아서 돌아오지 못하는 '요단강'으로 작용하고 있습니다. 아무리 동물 보호를 외치고 동물들에게 덜 해로운 친환경 농약을 사용한다 하더라도, 들판의 모든 수로가 콘크리트로 변해가는 현실에서 개구리와 같은 동물들이 멸종으로 가지 않길 바란다는 것은 연목구어(緣木求魚)와 같은 어리석은 일일 뿐입니다.

하루가 다르게 성장하는 새매는 흰털을 벗고 검은 깃털로 덮여갔습니다. 부리와 발톱도 갈수록 날카로워져 먹이를 찢어주지 않아도 스스로 찢어 먹었고, 먹이에 대한 욕심도 강해 한 번에 개구리 여섯 마리는 주어야 만족했습니다. 여섯 마리를 넣어주면 두 놈이 다투어가며 한 발에 한 마리씩 움켜쥐고 부리에도 한 마리를 물고 각자 다른 구석으로 가서 개구리를 찢어 먹었습니다.

어느새 토끼장에는 흰 솜털이 덮인 새끼 매가 아닌 멋진 깃털로 덮인 새 매 두 마리가 날카로운 눈을 번뜩이며 앉아 있게 되었습니다. 더 이상 새를 가두어두면 안 될 것 같아 어느 날 새장을 열어주었습니다. 이때까지 어미 새매 한 쌍은 새끼들의 소리를 들으며 집 주변을 맴돌았는데, 새끼와 어미가 소리로 서로의 존재를 알고 있었습니다. 모양은 어미인데 토끼장에 갇혀 있었기 때문에 잘 날지도 못하고 사냥도 하지 못했는데, 나는 연습을 충분히 하고 어미를 따라가게 하려고 새매를 초가집 지붕 위로 올려놓았습니다. 혹시 길러준 주인을 알아보고 주인에게 달려올까 하여 먹이를 줄 때마다 들려주었던 소리로 '끼욱끼욱끼욱끼욱'하고 불러보았지만, 주변까지만 올 뿐 가까이는 오지 않았고 잡아 보고 싶어도 결코 잡히지는 않았습니다. 새매를 지붕에 올려놓은 뒤 살아있는 개구리를 던져주어 사냥 연습을 시켰는데, 어미도 등장하여 새끼와 시간을 함께하곤 했습니다.

새끼는 어미와 함께 나는 연습을 하며 하루가 다르게 의젓한 모습으로 변해 갔는데, 어느 날 학교에서 돌아와 보니 새매가 보이지 않았습니다. 혹시나 하는 마음에 한동안 매일매일 지붕을 올려다보곤 했지만 지붕에서 새매의 모습을 다시는 볼 수 없었습니다.

지금 사는 아파트 베란다 밖 에어컨 실외기 위에 큼지막한 화분을 놓고 인동초를 키우고 있습니다. 그런데 작년 봄에 이곳에 새매 한 쌍이 자주 와서 익숙한 소리로 노래했습니다.

"야야야, 이리 와봐라. 저 새가 새매야. 예전에 아빠가 키웠었어. 저기다 둥지를 틀었으면 좋겠다."

새매가 그곳에 둥지를 틀기를 은근히 기대했지만, 아쉽게 새매는 다른 곳으로 날아가 버렸습니다. 길을 가다가, 산길을 걷다가 새매의 울음소리를 들을 때가 있는데, 그 때마다 기쁜 마음에 소리 나는 쪽을 돌아보곤 합니다. 심통골에서 키웠던 새매는 떠나갔지만, 아직도 그 의젓했던 자태와 그 정겨운 울음소리는 마음속에 남아 있습니다.

제비와 풍년새우와 투구새우는
언제쯤 다시 돌아올까?

예전 겨울은 참 추웠습니다. 그 추운 겨울을 잘 견딘 것은 군불을 때면 따끈따끈해지는 온돌이 있었기 때문이었습니다. 저녁밥을 짓고 쇠죽을 끓이느라 아궁이에 불을 때면 구들이 뜨끈뜨끈하게 달궈지는데 그 위에 솜이 그득 들어있는 두꺼운 요를 깔고 이불을 덮고 누우면 하룻밤을 따뜻하게 잘 수 있었습니다. 그러나 잠잘 때는 따뜻했지만, 예전 한옥들은 참 추웠습니다. 흙벽돌은 단열효과가 뛰어났는지 몰라도 얇은 창호지 한 장이 발라져 있는 문으로는 찬바람이 솔솔 스며들어왔습니다. 칼바람이 부는 들판을 걸어갔다 걸어오는 등하굣길은 또 얼마나 추웠고요.

추운 겨울을 보냈던 사람들에게 가장 간절한 소망은 빨리 겨울이 가고 따뜻한 봄이 오는 거였습니다. '봄'은 '보다'의 명사형이라고 합니다. '며느리를 보다', '손주를 보다'처럼 '보다'라는 말은 '얻다'라는 의미를 가지고 있지요. 그러니까 '봄'은 춥고 배고픈 사람들에게 '모든 것을 얻을 수 있는 계절'이라는 희망을 담고 있습니다.

등하교 때에 봄을 처음 알려준 것은 양지쪽의 잔디 속에 피어 있던 제비꽃이었습니다. 찬바람 부는 날 집에 오다 너무 추우면 햇볕이 따사로운 논둑의 양지쪽으로 내려가 웅크리고 찬바람을 피하곤 했었는데, 양지쪽의 잔디 속에는 이미 조그마한 보라색의 제비꽃이 피어 있는 경우가 있었습니다. 제비꽃이 봄의 전령사라면 진짜 봄이 되었음을 알려주는 것은 제비였습니다. 삼월 삼짇날 전후에 '지지배배 지지배배' 경쾌한 소리와 함께 제비가 나는 것을 보면 누구나 자기도 모르게 소리쳤습니다.

"와아, 제비다."

삼월 삼짇날 전후에 논에 물을 가두고 논두렁에 물이 새지 않게 흙을 바르면 제비들도 부드러운 흙을 물어다 처마 아래에 집을 짓기 시작하고, 농부들이 농사일에 땀을 흘리는 여름에 제비들도 열심히 벌레를 물어다 새끼를 키우고, 벼들이 누렇게 익으면 제비들도 일 년을 마무리하고 열심히 키운 새끼들과 함께 강남으로 떠났습니다. 여름날 피곤한 사람들의 잠을 깨우는 것은 수탉이었지만, 수탉 못지않게 제비도 새벽이 되면 경쾌한 지저귐으로 집주인의 기상을 도왔습니다.

제비는 우리와 가장 가까이서 생활하는 한집안 식구 같은 존재였습니다. 그런데 언제부턴가 우리 주위에서 제비가 사라졌습니다. 제비는 왜 사라졌을까요? 가장 큰 이유는 농약의 사용이었습니다.

아주 어렸을 때지만 아버지가 처음 농약을 뿌리시던 기억이 아직 남아있습니다. 처음 나온 농약들은 가루약이었는데 가루 농약을 조그만 삼베 자루에 넣은 후 막대기에 매달아 왼손에 들고 오른손으로 막대기를 들고 그 삼베 자루를 톡톡톡 쳐서 벼나 배추 같은 농작물에 뿌렸습니다. 이런 방법으로는 아주 넓은 면적에 뿌릴 수는 없었습니다. 병충해가 아주 심한 곳에만 뿌렸지요. 그 후 얼마 지나지 않아 노즐이 3개 달린 1인용 분무기가 나왔는데 등에 농약통을 지고 왼손으로는 펌프질을 하고 오른손으로는 손잡이를 잡고 농약을 뿌렸습니다. 이때부터 본격적으로 다량의 농약이 살포되기 시작했습니다.

그 후에 더 많은 농약을 효율적으로 살포할 수 있는 기계가 나왔는데 세 사람이 한 조로 작업했습니다. 한 사람은 손과 발을 이용하여 펌프질을 하고, 또 한 사람은 농약줄을 잡아주고 다른 한 사람은 논에 들어가 농약을 살포하는 방식이었지요.

일 년 농사 중 쨍쨍 찌는 한여름에 그늘 한점 없는 들판에서 냄새가 고약한 농약 살포하는 것이 가장 큰 고역이었습니다. 커다란 고무통에 가득 농약을 탄 후 나는 펌프질을 하고 엄마는 농약 줄을 잡고 아버지는 노즐이 대여섯 개나 되는 손잡이를 잡고 당신의 키만큼이나 큰 벼들 사이를 헤집고 다니며 농약을 뿌렸지요. 해충 방제의 효과를 극대화하고 여러 번 농약을 뿌리는 수고를 덜기 위해 독한 농약을 한 번에 두세 가지씩 섞어서 뿌렸고, 비가 와도 농약이 씻겨가지 않도록 전착제를 섞어서 벼에 농약이 골고루 충분히 묻도록 흠뻑 뿌려 주었습니다.

농약을 뿌리는 날은 잠자리와 제비들의 잔칫날이었습니다. 농약을 뿌리면 농약으로 흠뻑 목욕을 한 멸구나 나방들이 하늘로 날아오릅니다. 그 모습을 보고 먹이를 찾아 헤매던 잠자리 떼가 날아와 곤충들을 먹고, 잠자리 떼가 몰려 있는 것을 보고 동네의 모든 제비들이 몰려들어 나방과 잠자리를 열심히 물어다 새끼에게 먹입니다. 결국 농약은 병충해만 없앤 것이 아니라 제비도 사라지게 만들었지요.

본격적으로 농약을 뿌리기 전에 논은 생태계의 보고였습니다. 봄에 물을 가두고 모내기를 하면 논에는 각종 작은 수생 동물들이 가득했지요. 가장 흔한 것이 미꾸라지와 우렁과 송사리였고, 모내기 철에만 보이는 신기하고 예쁜 투구새우와 풍년새우도 있었고, 이동할 때는 물 표면에 떠서 이동하는 작은 물달팽이도 그득했었습니다. 7월쯤 아침이 되면 수많은 잠자리 유충들이 벼 줄기를 타고 올라와 잠자리로 탈피하는 모습을 볼 수 있었지요. 벼가 다 익어 가을이 되면 벼 베기 좋게 농부들은 논에서 물을 뺍니다. 그것을 미꾸라지와 우렁은 미리 알고 충분히 먹이를 먹어 통통해진 몸으로 물렁물렁한 논흙을 파고 땅속으로 들어가 다음 해 봄물이 논에 찰 때까지 겨울잠을 잡니다. 미꾸라지는 겨울잠을 자기 위해 먹이를 충분히 먹어 살이 통통하게 오른 가을철에 가장 맛이 있다고 하네요. 가을철(秋)에 맛이 가장 좋은 물고기(魚)라고 해서 미꾸라지를 추어(鰍魚)라고 한다지요. 겨울철 심심할 때 삽을 들고 마른 논바닥으로 가면 미꾸라지 구멍과 우렁 구멍이 보였습니다. 우렁 구멍은 얕아 조금만 파도 나왔고, 미꾸라지 구멍은 깊이 파야 했지요. 미꾸라지 구멍을 파면 살이 통통 오른 미꾸라지가 땅속에서 몸을 말고 겨울잠을 자고 있었습니다.

삼월 삼짇날이 되면 완연한 봄이 왔음을 알려주던 제비의 명랑한 지저귐과 모내기한 논에서 수많은 다리로 열심히 헤엄을 치던 풍년새우와 투구새우는 언제쯤이나 다시 우리 곁으로 돌아올 수 있을까요?

어죽 지대로들
쐈네, 갸들

　서너 살 때. 봄이 되어 논에 물을 대고 논물이 새 나가지 않도록 부모님이 논두렁을 붙일 때면 논 옆에 있는 개울에서 혼자 놀곤 했는데, 차고 맑은 개울물의 모래 속에서 콩나물처럼 예쁜 고마리의 떡잎이 올라오곤 했습니다. 물속에 있는 넓적한 돌멩이를 가만히 들어 올리면 옆새우들이 올망졸망 모여 있고, 다른 돌을 들추면 가재들이 흙탕물을 치면서 뒤로 헤엄쳐 달아나곤 했는데 잡아보면 큰 가재 배에는 새까만 알이 포도송이처럼 붙어있었습니다.

　가끔은 누나들과 가재잡이에 나서곤 했는데 가재는 넓고 깊은 물에선 잡을 수가 없고 하천이 끝나고 산골의 개울이 시작되는 곳에서부터 산골 물이 처음 시작되는 부분까지 올라가며 잡을 수 있었습니다. 가재는 개울의

70

가장 아랫부분부터 개울을 타고 올라가면서 잡는데, 위에서부터 잡으면 흙탕물이 일어 아랫부분을 잡을 수 없기 때문입니다. 가재는 주로 넓적한 돌의 아래를 파고 그 속에 들어가 살기 때문에 돌을 떠들고 그 속에 있는 가재를 잡곤 했지요. 가재는 천천히 걸을 때면 집게발을 들고 앞으로 걸어가지만 다급할 때면 꼬리를 오므렸다 폈다 하며 뒤로 빠르게 헤엄칩니다. 가재를 잡다 보면 몸이 물렁물렁한 놈이 있는데 이런 가재를 팥죽 가재라고 불렀었습니다. 이런 가재는 잡지 않고 놔주는데, 탈피한 가재였습니다. 잡은 가재는 불에 구워 먹기도 하고, 등딱지를 떼어내고 졸여 먹곤 했지요.

미꾸라지도 많았습니다. 원호 형 아버님이 이른 봄에 논을 갈 때 깡통을 들고 뒤를 따라다니다 논흙 속에서 겨울잠을 자던 살이 통통하게 오른 미꾸라지를 주울 수도 있었고, 장마철 윗논에서 물이 떨어지면 갈개 밖 웅덩이가 깊게 파이는데 그 속에 손을 넣으면 손이 간지러울 정도로 미꾸라지가 많았었습니다.

심통골에는 방죽이 열 개 있었습니다. 아리랑 고개 근처에 있던 것은 넓이가 10미터가 넘는 대형이었지만 대부분은 넓이 3~4미터, 깊이는 대략 2~3미터쯤 되는 크기로, 방죽의 벽은 돌로 쌓여 있었습니다. 언제 만들어졌는지는 모르지만 아마 심통골 들판을 개간하여 논을 만들 때 만들어졌을 것입니다. 지하수가 솟는 곳에 만들어졌던 방죽의 용도는 가뭄에 물을 품어 마른논에 물을 대기 위한 것이었죠. 그런데 뒤로 오면서 농약을 할 때 물을 퍼다 쓰는 용도로도 사용되었고, 농한기에 동네 사람들이 물고기를 잡아 몸보신하는 용도로도 사용되었습니다.

이 방죽은 다양한 생물들의 서식처였습니다. 방죽 둑에 서서 발을 구르면 제일 먼저 달려오는 놈은 거머리였습니다. 흔들림을 감지하고 이곳저곳에서 너울너울 춤을 추며 사람이 서서 물결을 일으킨 장소로 헤엄쳐 옵니다. 풀씨를 훑어 방죽에 뿌리면 조그마한 송사리들이 우르르 몰려들어 먹을 수 있는지 풀씨들을 물어보지요. 미꾸라지, 방개, 물장군, 소금쟁이 등도 이 방죽에 살았지요.

방죽에서 물고기를 가장 쉽게 잡는 방법은 체에 긴 막대를 매달고 물속에 넣은 후 체 안으로 떨어지도록 밥풀이나 된장을 조금씩 떨어뜨리면 됩니다. 송사리들이 체 안으로 들어가서 정신없이 밥풀을 먹는데, 그럴 때 살살 막대를 들어 올리면 송사리들이 체 안에 갇히게 되지요.

바쁜 일손이 끝난 여름이나 겨울에 친구들과 페인트 통을 개조하여, 두레박을 만들어 두 사람이 줄로 묶은 두레박으로 방죽의 물을 퍼냅니다. 바닥에서 물이 솟지만 열심히 품다 보면 바닥이 드러나지요. 바닥이 드러나면 안으로 들어가 미꾸라지, 방개 등을 잡곤 했지요.

그런데 이 생태계의 보고였던 방죽이 지하수 개발로 인해 다 사라져 버렸습니다. 기계로 관정을 뚫은 후 모터만 하나 연결해 두면 물을 저장해 둘 필요가 없는 것이지요. 방죽이 없어졌으니 방죽에 살던 물고기들은 다 어디로 갔을까요? 특히 송사리는 강에서도, 저수지에서도, 하천에서도, 개울에서도 못 살고 방죽에서만 살 수 있는데요.

심통골은 계곡이 깊지 않고 개울물이 적어서 피라미가 살지 않았고, 물이 맑아서 그런지 흐린 물에서 사는 붕어도 살지 않았습니다. 심통골 계곡의 곳곳에는 작은 웅덩이들이 있었는데 그 웅덩이들에 가재와 중고기(버들치), 미꾸라지, 장어 등이 살았습니다. 그런데 모내기 철이 되면 위에서부터 개울물을 막아 논으로 물을 대기 때문에 개울의 웅덩이들이 말라갑니다. 미꾸라지, 중고기, 올챙이 등이 조금 남은 물속에서 몸부림치는데, 며칠 지나면 이들도 바싹 말라죽어 계곡은 아무것도 살지 않는 곳으로 변하지요. 그런데 장마가 지면 어디서 나타났는지 다시 미꾸라지, 중고기와 같은 물고기들이 헤엄치곤 했습니다.

큰 고기를 잡으려면 개골의 덕산저수지로 가야 했는데, 주로 문환이와 같이 갔었습니다. 이른 봄 저수지 가에 있는 논에까지 물이 가득 차오르면 붕어들이 얕은 논으로 들어와 잠을 잡니다. 그러면 횃불을 들고 가서 논에서 자고 있는 붕어를 잡는데 보통 뼘치가 넘는 큰 놈들이었지요.

어린이날 전후해서 큰 주낙 바늘을 굵은 낚싯줄에 매어 굵은 막대에 1미터 길이로 묶고, 개구리 한 마리 잡아들고 저수지 제방으로 갑니다. 제방 안쪽의 돌이 쌓인 곳에 앉아서 가만히 들어보면 '국국 국국' 하는 소리가 들립니다. 개구리 뒷다리를 꿴 주낙 바늘을 소리가 나는 돌 틈 사이로 넣고 두세 번만 흔들면 '두두둑' 하는 손맛이 느껴집니다. 들어 올리면 구굴이(동사리) 한 마리가 걸려 나옵니다. 다시 또 그 구멍에 넣고 흔들면 한 마리가 더 나오는데, 산란 철이라 한 쌍이 같이 있기 때문입니다.

모내기 철이 되면 저수지 물이 바짝바짝 줄어듭니다. 얼마 안 남은 물에 6월의 햇볕이 내리쬐면 저수지 물은 뜨끈뜨끈해지지요. 그러면 저수지의 물고기들은 저수지의 깊은 곳으로 이동하여 미동도 하지 않습니다. 그러다 장마가 시작되어 찬물이 저수지로 유입되기 시작하면 뜨거운 물에서 고문받던 물고기들이 찬물이 흘러들어오는 개울을 따라 상류로 이동합니다. 이때 횃불을 들고 밤에 가 보면 아프리카 세렝게티 평원에서 새로운 목초지를 향해 가는 누 떼처럼, 붕어나 메기 등의 물고기들이 찬물을 거슬러 죽 올라오고 있는 모습을 볼 수 있었습니다.

언제부턴가 우리들은 잡은 물고기로 어죽을 쑤어먹기 시작했습니다. 커다란 주전자 하나를 산에다 숨겨놓고 물고기를 잡으면 각자 집에서 필요한 재료를 가져왔지요. 쌀, 고추장, 국수, 파, 마늘, 들기름……. 아리랑 고개의 태봉산에서 어죽을 끓였는데, 한 번은 국수를 너무 많이 넣어 양이 엄청 많아졌습니다.

"야, 이거 다 워치기 먹는다냐."

"동네 사람들 주자."

"그려."

문환이 동생 일환이가 나무 위에 올라가서 큰 소리로 이장님 흉내를 냈습니다.

"에, 동네 사람들에게 알려드립니다. 지금 태봉산에 어죽을 끓여 놨으니 동네 어른들께서는 어죽을 드시러 오시기 바랍니다."

종수 선배 할머니와 동네 꼬맹이들이 올라와 어죽 주전자를 가운데 놓고 둘러앉았습니다. 어죽을 드신 후에 종수 선배 할머니께서 하신 말씀.

"어죽 지대로들 쒔네, 갸들."

주전부리가 부족했던 시절, 동네 선후배들이 어죽 한 주전자를 놓고 둘러앉아 있으면 부러울 것 없었습니다. 이제 가재를 같이 잡았던 누님들의 나이는 60을 넘었고, 어죽을 함께 끓였던 선후배들도 50대 중반이 되었습니다. 가끔 동료들과 어죽 먹으러 갈 때면 마음속의 타임머신은 40여 년 전의 심통골로 달려갑니다.

천장 위에서 열린
쥐들의 운동회

콩밭 매는 아낙네야 베적삼이 흠뻑 젖는다.

무슨 설움 그리 많아 포기마다 눈물 심누나.

– 조운파 작사, 〈칠갑산〉

제초제와 비닐이 발명되기 전에 농민들을 가장 괴롭게 한 것은 무엇일까요? 가혹한 세금, 관리의 착취도 있었겠고, 홍수와 가뭄도 있었을 텐데, 뭐니 뭐니 해도 농민들을 가장 괴롭힌 건 뽑아도 뽑아도 새로 돋아나는 잡초였다고 합니다. 그래서 '가혹할 가(苛)' 자는 풀을 뜻하는 '초두(艹)'에 탄식의 소리를 뜻하는 '가(可)' 자로 이루어졌지요.

땅속에 100개의 풀씨가 있는데 적당한 온도와 적당한 습도와 산소를 공급한다면 이론상으로는 100개의 씨앗이 동시에 싹이 터야 하지만 무슨 이

유에선지 일부만 싹이 트고, 그 싹을 뽑아내면 또 일부만 싹이 트고 하는 식으로 순차적으로 싹이 튼다고 합니다.

요즘은 제초제를 뿌리거나 비닐로 멀칭 하여 잡초의 공격으로부터 벗어났지만 예전에는 밭에 곡식을 심고 조금만 방심하면 잡초에 의해 곡식이 치어서 농사를 망치게 되었죠. 일 년 중 잡초의 생육이 가장 왕성할 때는 보리를 벤 후 콩을 심어 싹이 트는 장마철입니다. 심은 콩이 장맛비에 의해 싹이 틀 때 흙 속에 묻혀있던 다른 씨앗들도 일제히 새싹을 틔우죠. '베적삼이 흠뻑 젖을 정도'로 열심히 콩밭을 다 매고 나면 처음 매었던 곳에는 다시 잡초가 무성하여 또 매어주어야 하니, 농부들은 단 하루도 맘 편히 쉴 수가 없었죠.

심통골에서 밭에는 다양한 곡식을 심었지만 대개 보리나 밀, 콩류나 고구마를 윤작했습니다. 10월 말쯤에 보리와 밀을 심어 겨울을 난 뒤 장마 전에 추수한 후 일부는 콩이나 팥과 같은 콩류를 심고, 나머지는 장맛비가 내리면 고구마를 심었습니다. 해마다 콩과 고구마 심었던 곳을 바꿔 심었는데, 이렇게 하면 많은 비료를 주지 않아도 밭농사가 가능했습니다.

콩의 뿌리혹박테리아는 질소를 듬뿍 만들어 놓는데, 그 밭에 보리나 밀을 심으면 비료를 많이 주지 않아도 영양분이 많아 잘 자랄 수가 있다고 합니다. 키가 작은 콩밭에 키가 큰 옥수수와 수수도 듬성듬성 심어 입체적인 경작을 하였지요.

고구마도 콩처럼 별 거름을 하지 않아도 잘 자라는 작물입니다. 요즘은 대부분 속이 노랗고 길쭉한 '월남 고구마'를 심지만 심통골에서는 둥글고

크며 솥에 쪄서 익으면 속에 하얀 점이 박히는 밤고구마를 심었습니다. 고구마는 중요한 겨울 식량이기 때문에 모든 집에서 심었죠. 가을에 고구마를 캔 뒤 윗방에 밀대방석으로 고구마 동가리를 만들고 고구마를 저장합니다. 고구마는 열대작물이어서 반드시 따뜻한 방에 보관해야 했지요. 고구마를 수확하여 동가리에 가득 채우고 나면 마음이 든든했지요. 시도 때도 없이 날고구마를 깎아 먹기도 하고, 하루 세끼 고구마를 꼭 먹었습니다. 아침밥을 할 때도 밥솥에 몇 개씩 찌면 밥보다 우선 고구마를 먹었고, 점심은 대부분 고구마와 동치미로 해결했지요. 저녁때도 밥과 고구마를 함께 먹었습니다.

그런데 이 고구마를 사람만 좋아한 것이 아니었습니다. 쥐들도 고구마를 아주 좋아했습니다. 당시의 집들은 흙벽돌로 지어졌는데, 쥐들이 고구마 있는 것을 어찌 알았는지 흙벽을 뚫고 천장으로 들어옵니다. 서까래로 된 천장에 철사를 묶고 벽지를 바르면 천장 위에는 삼각형(△) 모양의 공간이 생기는데 이곳은 온전히 쥐들을 위한 공간이었습니다. 밖이 추워질수록 쥐들은 따뜻한 이곳으로 모입니다. 이 쥐들이 고구마 냄새를 맡고 천장의 반자를 뚫고 벽을 타고 고구마 동가리로 내려와 고구마를 실컷 먹지요. 배가 부른 쥐들은 천장의 반자 위에서 운동회를 여는데, 적당히 하다 마는 게 아니라 밤새 요란을 떨었습니다. 종목도 다양합니다. 두 마리가 '우당탕탕 탕탕탕탕' 달려가는 건 100미터 경주이고, 두 마리가 '찍찍'거리며 '우당탕탕 탕' 소리 내는 건 레슬링입니다. 더러는 매너없이 천장에 오줌을 갈겨 천장의 반자에 갈색의 지도가 그려지기도 했지요.

잠을 자려고 누워 있어도 시끄러워서 도저히 잘 수가 없었습니다. 벌떡 일어나서 시끄럽게 소리 나는 반자 부분을 주먹으로 올려칩니다. '찍' 소리를 내며 붕 떴다 '툭' 하고 떨어진 후 쥐구멍이 있는 쪽으로 '우당탕탕' 달려갑니다. 이제 조용해졌습니다. 다시 누워 잠을 청하려고 하면 쥐구멍 쪽에서 2라운드를 시작하러 선수가 나오는 소리가 들립니다. 잠시 후면 어김없이 제2라운드가 시작되지요. 일어났다 누웠다 하기 귀찮아 베개를 집어서 천장을 향해 힘껏 던집니다.

"탕!"

잠시 조용해지지만 또 운동회는 시작됩니다. '으으으으.'

다음 날은 긴 막대기를 준비하여 머리맡에 놓습니다. 오늘도 어김없이 고구마를 먹으러 내려오고 배불리 먹고 난 다음엔 천장으로 올라가 건강을 생각하여 운동회를 시작합니다. '으으으으, 저 놈들을!' 다행히 오늘은 긴 막대기를 준비하여 굳이 이불을 걷고 춥게 일어나지 않아도 됩니다. 막대기를 들어 반자를 찌릅니다. '퉁', 잠시 조용하지만 오늘도 운동회를 막을 재간은 없습니다. 일어나도 소용없고 일어나기 귀찮아 귀를 막고 잠을 청합니다.

이번에는 작전을 달리합니다. 쥐가 처음 달려 나오는 쪽의 반자를 찢고 살펴보면 벽에 쥐들이 드나드는 구멍이 보입니다. 미리 주워왔던 밤송이를 쥐구멍에 쑤셔 박고 돌멩이도 하나 박아놓습니다. 오늘은? 조용합니다. 그러면 그렇지! 히히.

그러나 다음날이 되면 천장에 쥐들이 다시 등장합니다. 천장을 들여다보면 먼저 밤송이로 막은 쥐구멍 옆으로 다른 쥐구멍이 뚫려 있습니다.

조용할 땐 고구마 동가리에서 쥐들이 고구마를 갉아먹는 소리가 들립니다. 동가리를 주먹으로 치면 잠시 조용하지만 또 '사각사각' 갉아먹기 시작합니다. 저 안에서 하는 걸 어찌 막지요?

나중에는 쥐들이 간이 부어 동가리에 낸 길을 통하여 방바닥까지 내려와서 방바닥을 탐색하고 돌아다닙니다. 잠자는 사이에 베개 근처로도 오고 사람이 없는 낮에는 온 방안을 헤집고 다닙니다. 쥐덫을 놓으면 더러 부주의한 놈들이 걸리긴 하지만 대부분은 비껴갑니다.

쥐들과 씨름하는 사이에 고구마 동가리는 점점 낮아집니다. 고구마 동가리가 완전히 낮아질 때쯤에는 봄바람이 불어 바깥 기온도 많이 올라가지요. 쥐들은 고구마가 없는 방안을 미련 없이 버리고, 따뜻하고 맛있는 새싹이 돋아 있는 바깥으로 관심을 돌립니다. 잠시 윗방에 평화가 깃듭니다. 이때부터 가을에 새로운 고구마 동가리가 만들어질 때까지는 편안한 잠을 잘 수 있었지요.

이 구렁이
술 담가야겠네유

한자 '집 가(家)' 자는 무슨 뜻을 담고 있을까요? '집 가(家)' 자는 지붕을 뜻하는 '집 면(宀)' 자에 '돼지 시(豕)' 자가 합쳐져서 만들어졌지요. '돼지가 사는 집'이라는 뜻이지요. 그럼 왜 사람이 사는 집에 돼지가 등장할까요?

예전에 사람을 가장 많이 괴롭힌 것이 뱀이었다고 하는데, 이 위험한 뱀을 가장 효과적으로 퇴치할 수 있는 것이 돼지였다고 합니다. 평소에 농사 부산물을 먹여 키우던 구정물 돼지를 뱀이 많은 철에 주기적으로 풀어 놓으면 돼지들이 뱀을 잡아먹었다죠. 돼지는 후각이 발달해 땅속에 있는 벌레나 뱀을 냄새로 알아내고, 강인한 코로 쉽게 땅을 파헤치고 잡아먹을 수 있다고 합니다. 뱀이 돼지를 물어봐야 뱀의 독은 돼지의 두꺼운 비계층을 뚫을 수 없었기 때문에 뱀을 퇴치하는 데 돼지만 한 것이 없었다고 합니다.

어렸을 때 집 주변에는 많은 종류의 뱀이 있었습니다. 가장 흔히 볼 수 있는 뱀은 율목이(유혈목이, 꽃뱀, 화사)였습니다. 율목이는 파란 바탕에 검은 무늬와 빨간 무늬가 번갈아 새겨졌는데 몸이 길쭉한 형태로 독이 없다고 합니다. 우리나라에 있는 뱀 중에서 가장 빠른데, 이 뱀은 사람을 만나면 잽싸게 줄행랑을 칩니다. 그런데 계속 따라가서 도망을 못 가게 하면 작전을 바꿔 코브라처럼 목을 납작하게 넓히고 머리를 들고 사람에게 덤빕니다. 그런데도 물러서지 않고 계속 가지고 놀면, 이번에는 축 늘어져 죽은 척합니다. 그러다 주변이 조용해지면 다시 슬그머니 일어나 주변을 둘러본 후 사람이 없는 게 확인되면 잽싸게 도망가지요.

또 흔히 볼 수 있는 뱀 중, 독이 없는 것은 물뱀입니다. 물뱀은 별 무늬가 없고 잿빛인데, 논이나 방죽 등의 물가에서 자주 볼 수 있습니다. 어려서 물고기를 잡으려고 족대나 체를 개울 아래쪽에 대고 발로 고기를 몬 후 족대나 체를 들었을 때 이 물뱀이 들어 있는 것을 보고 깜짝 놀라 족대나 체를 집어던졌던 기억이 있을 겁니다.

따뜻한 봄날 개울 양지쪽에 있는 빨래터 위에 아그배꽃이 하얗게 피어 있었습니다. 꽃이 예뻐 꽃을 한 송이 꺾는데 발밑이 이상해 고개를 숙여 바라본 순간!

"으아악!"

기겁을 하여 다리야 날 살려라 도망갔는데도, 으으으… 몸의 떨림이 멈추지 않았습니다. 그곳은 움푹 파인 지형이었는데 그곳에 수십 마리의 물뱀이 모여 있었습니다. 물뱀이 양지 쪽에서 월동을 한 후 나와 따뜻한 봄볕을 쬐고 있었는데 그 뱀 무더기를 밟았던 거지요.

물뱀과 비슷한 모양으로 무늬도 없는데 집 주변에서 흔히 볼 수 있는 뱀으로 누룩뱀이 있습니다. 덩치가 큰 편이고 그리 빠르지도 않습니다. 순둥이 뱀이라고 할까요.

독사는 보통 몸이 희끄무레한 무늬와 검은 무늬로 번갈아 덮여 있는데, 머리가 삼각형인 살모사를 제외하고는 다 그냥 독사라고 불렀습니다. 살모사는 머리가 삼각형이고 몸길이는 아주 짧으며 몸을 납작하게 땅에 붙이고 바짝 웅크리고 있는데 사람이 가까이 가면 용수철처럼 튕기며 공격합니다. 보기만 해도 오싹한 기운이 느껴지지요. 살모사는 머리가 삼각형이지만 일반 독사들은 머리가 살모사보다는 둥근 형태이고 몸길이도 살모사보다는 긴 편입니다.

어렸을 때 우리들에게 가장 환영을 받은 뱀은 능구렁이였습니다. 몸에 검은색과 불그스름한 무늬가 있었고 누룩뱀처럼 몸집이 큰 편인데, 천천히 움직였으며 약효가 가장 뛰어나다고 알려졌었습니다.

등교를 하다 보면 덕산 읍내에 들어서서 어느 집 마당을 지나가게 되는데, 그 집 할아버지는 허리를 구부정하게 숙이고 천천히 걸으며 목에서 쌔액 쌔액, 가쁜 숨소리를 냈습니다. 우리들을 보면,

"얘들아, 뱀 있으면 잡아와라. 돈 줄 테니."

하고 말을 했는데, 해수 천식으로 고생하고 계셨습니다. 당시는 해수 천식에 뱀탕이 좋다는 말이 있었습니다.

우리들은 뱀을 잡으면 그 할아버지에게 가지고 갔는데 할아버지는 허리

춤에서 꼬깃꼬깃한 돈을 꺼내 주셨습니다. 능구렁이는 3천 원, 독사는 2천 원씩 주셨지요. 국민학교 4학년 때쯤 젤리는 한 개에 5원이었고, 당시 국민 간식이었던 라면땅뽀빠이은 10원이었고 자야라는 고급 라면땅은 20원이었 습니다. 용돈이라는 개념이 없던 우리들에게 3천 원은 엄청난 거금이었습 니다. 돈이 필요하면 친구들하고 뱀을 잡으러 갔지요.

무더운 여름철 웃통을 벗고 마루에 누워 있을 때, '꽤엑― 꽤엑― 꽤엑―' 고통스러운 비명 소리가 들려오는 경우가 있습니다. 그러면 마음속으로 '이게 웬 떡이냐' 하고 쾌재를 부르며 비료포대를 들고 소리 나는 곳으로 뛰 어가지요. 그럼 그곳에 개구리를 잡아먹고 있는 뱀이 있습니다. 뱀이 개구 리를 먹고 있는데 고통스러운 개구리가 비명을 지르는 소리지요.

뱀을 판 돈은 아무도 모르는 비자금인데, 큰맘 먹고 서점으로 가서 책 한 권 사고 아껴서 군것질에 쓰곤 했지요. 그때 샀던 책 중에서 아직도 버리지 못하고 가지고 있는 책이 있는데, 이효석의 『메밀꽃 필 무렵』입니다. 「메밀 꽃 필 무렵」도 좋지만 「산」, 「들」 같은 작품에 자연을 묘사한 장면이 많아 읽으면서 많이도 설레었지요.

뱀은 사람을 먼저 공격하지 않는다고 합니다. 그런데 두 번 뱀 때문에 크 게 놀란 적이 있었습니다.

여름날 점심에 엄마가 칼국수를 준비하시며 말씀하셨습니다.

"학원아, 가서 애호박 하나 따와라."

"예."

집 뒤 놀고 있는 땅에 구덩이를 파고 거름을 듬뿍 넣고 호박을 심었는데 호박이 싱싱하게 잘 자라고 있었습니다. 그런데 무성한 잎 때문에 호박이 보이지 않아 고개를 숙이고 호박잎을 젖히며 호박을 찾고 있었습니다. 그런데 어느 잎을 젖혔을 때 눈앞으로 까치독사의 머리가 용수철처럼 솟구쳐 올라왔습니다.

"아악!"

놀라서 뒤로 넘어질 듯 물러났는데 이 까치독사가 쫓아오는 겁니다. 걸음아 날 살려라, 집으로 달려갔지요. 집으로 가서도 진정하지 못하고 몸을 떨고 있으니

"왜 그라냐?"

"배, 배, 뱀이 쫓아와서."

"뭐? 뱀이라면 그렇게 좋아하는 애가 뱀 때문에 떨고 있다고?"

또 한 번은 따뜻한 봄날에 학교 갔다 오는데 몇몇 사람이 학교산 아래 양지쪽 축대를 다 들춰 놓았는데, 뱀을 포대로 잡아가고 있었습니다. 집에 돌아온 후 동네 아이들 다섯 명이 모여 그 사람들이 뱀을 잡았던 곳으로 갔습니다.

"저 사람들, 워치기 뱀을 많이 잡았다냐?"

"잉, 뱀이 있을 만한 곳에 제비 가루를 뿌리면 뱀이 다 나온댜."

"날아다니는 제비?"

"잉, 저 사람들도 제비 가루를 뿌려서 잡았을 겨."

제비 가루라는 말도 있었고, 제피 가루라는 말도 있었고, 계핏가루라는 말도 있었는데 정확히 무엇이었는지는 아직도 모릅니다.

우리는 긴 막대기를 하나씩 잡고 이미 들춰진 돌들을 다시 들췄습니다. 돌을 뒤진 지 한 시간쯤 됐을 때 같이 갔던 네 명은 뱀을 한 마리씩 잡았는데 나만 못 잡았습니다.

"에이!"

잡고 있던 막대를 버리고 뱀이 들어있을 법한 큼지막하고 넓적한 돌 밑으로 손을 집어넣고 힘차게 돌을 뒤집었습니다.

"악!"

돌을 뒤집자 똬리를 틀고 있는 큼지막하고 파르스름한 독사가 꼬리를 살랑살랑 흔들고 혀를 날름대며 빤히 쳐다보고 있었습니다. 그 뱀의 눈초리에 완전히 기선을 제압당했습니다. 돌 아래에 손을 집어넣었을 때 뱀이 손을 물었다면? 온몸에 소름이 쫙 돋았죠! 온몸을 부들부들 떨며 뱀을 바라보고 있는 사이, 뱀은 혀를 날름대며 똬리를 풀고 스르르 유유히 돌 틈으로 사라졌습니다.

한 번은 큼지막한 능구렁이를 잡아 해수 천식으로 고생하시는 아버지를 위하여 뱀탕을 끓였습니다. 엄마는 생선을 뺀 육류를 입에 대지 않으셨는데 특히 뱀은 질색이어서 뱀을 집 안으로 가져갈 수도 없었고, 뱀 끓일 그릇이 필요한데 집에 있는 그릇을 쓸 수가 없었습니다. 그릇을 찾다가 분유 깡통을 찾아 밤나무 아래에 돌을 괴어 임시로 화덕을 만들었습니다. 화덕 위에 분유 깡통을 올려놓고 물을 붓고 구렁이를 넣은 후 불을 때기 시작했죠. 처음엔 분유 깡통이 '퉁탕퉁탕'하고 요동쳤지만 잠시 후에 조용해졌고 김이 모락모락 나면서 구수한 냄새가 나기 시작했습니다. 분유 깡통의 물이 한

종지 정도 남을 때까지 계속 졸인 다음에 그릇에 삼베 천을 놓고 따르면 뱀의 형체는 온데간데없고 약간의 뼈와 투명한 비늘만 걸러집니다. 건더기를 걸러낸 뱀탕은 흰 우윳빛의 뽀얀 국물이었습니다. 이 탕을 그냥 마시면 기름기가 많아 설사한다고 합니다. 지방을 걸러내기 위하여 뱀탕 위에 종이를 올려놓는데, 종이가 지방을 빨아들여 마시기 좋은 상태가 됩니다. 아버지에게 드리면 아버지는 단숨에 드시고 텁텁한 맛을 없애려 소금을 집어 드셨지요.

어느 초여름 아침에, 논을 돌아보고 오신 아버지가 큰 소리로 부르셨습니다.

"학원아, 학원이 어딨냐."

"왜요?"

"큰일 났다."

"왜요?"

"우리 논에서 뱀 두 마리가 싸워 멍석만큼 벼가 다 꺾어졌다."

"예? 어디요."

"요 아래 다랑가지."

부리나케 신을 신고 비료포대와 작대기를 들고 쌩 달려갔습니다. 논에 물이 마른 상태였는데 뱀 두 마리가 밤새 싸웠는지 15센티미터쯤 자란 벼가 멍석 한 개만큼 꺾어져 있었고, 한 마리의 뱀이 다른 뱀을 먹고 있는 중이었습니다. 큼지막한 능구렁이가 독사를 먹고 있었는데, 독사는 끌려가지 않으려고 꼬리로 벼 포기를 감고 있고 능구렁이는 힘을 쓰기 위해 꼬리로 벼 포기를 감고 독사를 반쯤 먹고 있는 중이었습니다.

작대기로 독사의 꼬리와 능구렁이의 꼬리를 벼 포기에서 풀고 비료포대에 담았습니다. 부자유스러운 상태에서 비료포대에 담긴 능구렁이가 입을 크게 벌리고 몸을 꿈틀대기 시작했습니다. 능구렁이가 몸을 꿈틀댈 때마다 독사의 몸은 구렁이의 입에서 서서히 미끄러져 나왔고, 잠시 후에 구렁이 입에서 다 빠져나온 독사는 멀쩡하게 돌아다녔습니다.

구렁이 입에서 나온 독사는 동네 문환이 둘째형이 가져가고 능구렁이를 가지고 집으로 왔습니다. 읍내 초엽의 천식에 걸린 할아버지가 능구렁이를 산 후 탕을 끓여드시거나 술을 담가 드신다는 말을 들은 적이 있었습니다.

"이 구렁이 술 담가야겠네유. 아버지 나중에 드셔유."

"……."

그날 소주 댓병(大瓶)을 사다가 능구렁이를 넣었습니다. 뱀이 술병에 들어간 뒤 머리를 아래로 내리면 안 좋고 위로 들으면 좋단 말을 들었었는데, 다행히 구렁이 머리가 위로 향하였습니다. 병에 들어가서 훨씬 커 보이는 능구렁이 술을 사람이 많이 다니는 대문 앞에 땅을 파고 단단히 묻었습니다.

예전에는 뱀을 돈으로 보기도 하고 병을 고치는 약으로 보기도 하여 많이 괴롭혔는데, 요즘은 뱀과 무덤덤한 관계가 되었습니다. 산을 오르다 뱀을 만나면 사진을 찍어가며 관심을 가져주기도 하고, 율목이를 만나면 한두 번 장난치기도 하지만 되도록 그냥 지나쳐 옵니다. 뱀도 나도 그저 자연의 일부분이니까요.

우리도 제각기
이름이 있답니다

나비가 사라지자

비로소 내 혼이

내게로 돌아왔다

– 와후의 하이쿠

봄에 가장 처음 만나게 되는 곤충은 나비인데, 그 해에 가장 처음 보는 나비가 흰 나비이면 엄마가 죽는다는 말이 있어서 봄에 처음 흰나비를 만나면 반가우면서도 은근히 걱정을 하곤 했습니다. 대부분의 나비들은 향기로운 꽃에 날아들었지만 사람이 싫어하는 냄새를 좋아하는 나비도 있었습니다. 원호형이 살았던 무치기로 오르다보면 똥냄새 비슷한 역겨운 냄새를 풍기는 누리장나무가 있었는데 그 꽃에는 호랑나비나 제비나비 같이 크고

89

예쁜 무늬를 가진 나비들이 많이 모여들었습니다.

여름은 매미 소리와 함께 찾아옵니다. 숲에서 일찍 탈피한 한 마리가 여름이 오고 있음을 알리는 신호를 보내면, 이윽고 다양한 종류의 수많은 매미들이 나무에 올라 생을 찬미하는 노래를 불러대지요. '쓰르름 쓰르름 쓰으름 쓰으름', '맴-맴-맴-맴-맴-맴-맴-매에에에엠', '지지지지 지이이, 지지지지 지이이' 다양한 소리로 노래하는데, 그 중 가장 낯익은 소리는 특별한 리듬도 없이 가장 시끄러운 소리로 '지이이이이이이이이이-' 외쳐대는 말매미소리입니다.

말매미는 가장 더울 때 울어대는데, 이때는 여름방학입니다. 방학에는 학교에 가지 않기 때문에, 제비의 지저귀는 소리를 들으며 느긋하게 일어났습니다. 바람 한 점 없는 한낮에 웃통을 벗고 찬 마루에 누워 고개를 젖히면 안마당 화단 뒤의 돌담 위로 파아란 하늘에 떠 있는 하얀 뭉게구름과 무성한 미루나무가 보입니다. 제일 꼭대기 잎 몇 개만 약간씩 까딱거릴 뿐, 미루나무는 그림처럼 조용히 서 있는데, 이런 정지된 화면 같은 풍경 속에서 조심성 없이 목청껏 울어대는 게 말매미였습니다. 지금도 말매미 소리를 들으면 시원한 마루에 누워 뭉게뭉게 피어오르는 구름을 보았던 한여름의 느긋한 마음이 느껴지곤 합니다.

가을은 콘서트의 계절입니다. 많은 주자들이 풀밭에 모여 봄부터 여름까지 각자 갈고닦았던 실력으로 합주를 하는데, 저녁에 듣는 음악소리가 가장 아름답지요. 가끔은 분위기를 살리기 위해 반딧불이 조명을 담당하기도 하구요.

대부분의 연주가들은 부끄러워 자신의 모습을 잘 드러내지 않고 연주하지만, 귀뚜라미는 모험심이 강하여 처음에는 토방까지 오고 다음엔 마루로, 그 다음은 방안에까지 들어와 청아한 소리로 노래하지요.

독주를 좋아하는 또 다른 주자는 베짱이입니다. 온 몸에 파아란 비단 드레스를 걸치고 마루로 날아와 여러 사람이 볼 수 있도록 높은 곳에서 긴 더듬이 한 쌍으로 리듬을 맞춰가며 '쨍, 쨍, 쨍, 쨍' 악기를 연주하지요.

심통골의 개구쟁이들은 심심할 때 다양한 곤충을 가지고 놀았는데, 그중에 가장 멋진 놈은 찝게벌레(사슴벌레)였습니다. 찝게벌레는 참나무의 수액을 먹고 살기 때문에 참나무가 있는 곳에 가야 잡을 수 있는데, 심통골에는 큰 참나무가 없었습니다. 찝게벌레를 잡으려면 문환이가 태어났던 사동리로 가야 하는데, 문환이와 개골과 덕산저수지를 지나 사동리 뒷산으로 가서 잡았습니다. 참나무의 상처 난 부위나 참나무의 밑동을 살펴보면 잡을 수 있는데 집개가 작은 돼지 찝게벌레(사슴벌레 암컷)는 별 환영을 받지 못했고, 집게가 큰 일반 찝게벌레를 잡으면 웃음이 절로 났지요. 만약에 집개가 멋지게 휘어져 있고 붉은빛이 도는 몸매를 지닌 쇠스랑 찝게벌레(톱사슴벌레)를 잡는다면 주변 친구들의 부러움을 한 몸에 받을 수 있었습니다.

잡은 찝게벌레를 바느질하는 흰 무명실로 가슴과 배 사이를 묶어 이슬을 먹을 수 있도록 나무에 매어두었다 학교에 가지고 가는데, 학교에 가지고 가서 다른 찝게벌레와 싸움을 붙이기도 하고 더러는 연필 등과 바꾸기도 합니다. 간절히 원하는 친구에게 주면 그 친구와는 아주 절친한 관계가 형성되지요.

딱띠기 벌레(톡톡이 벌레, 방아벌레)도 좋은 놀잇감이었습니다. 새까만 색에 1센티미터쯤 되는 딱띠기 벌레는 잡아서 뒤집어 놓으면 딱 소리를 내며 20~30센티미터를 튀어 오르는데, 심심할 때 자주 가지고 놀았습니다.

땅개비(방아깨비)도 반가운 놀잇감이었지요. 수놈은 덩치가 작고 '때때때때' 소리를 내며 잘 날아서 '때때비'라고 불렀는데, 몸집이 작고 행동이 날쌘 사람을 때때비란 별명으로 부르곤 했습니다. 덩치가 큰 암놈을 잡으면 뒷다리를 잡고

"앞집 방아 찧어라 뒷집 방아 찧어라."

하며 약간 흔들어 주면 몸을 위아래로 열심히 흔들었지요. 이 땅개비를 불에 구우면 고소한 냄새가 나면서 파란색이 빨갛게 변하는데 배에서 똥을 빼내고 메뚜기처럼 먹기도 했습니다.

소똥을 경단처럼 동그랗게 말아 굴리고 가는 쇠똥구리도 심심풀이로 가지고 놀곤 했습니다. 들판에 소가 똥을 싸 놓으면 소똥 옆에 구멍이 생기는데 그 구멍을 파면 쇠똥구리가 들어 있었지요. 암놈은 찝게벌레(사슴벌레)의 암놈처럼 그냥 평범한 모습이었지만 수놈은 코뿔소처럼 멋진 외뿔을 달고 있는 모습이었습니다.

풍뎅이도 심심풀이의 대상이었는데, 여름에 시엉(싱아)이 있는 곳으로 가면 영락없이 반짝반짝 광채 나는 파란색의 풍뎅이들을 만날 수 있었습니다. 사람이 먹기 좋은 것은 곤충들도 좋아하는지 풍뎅이들이 시엉의 잎을 아주 좋아했지요. 심통골 개구쟁이들은 풍뎅이를 잡은 후에 여섯 개의 다

리 한 마디씩을 자른 후 땅 위에 뒤집어 놓고 손뼉을 치면서

"앞마당 쓸어라 뒷마당 쓸어라."

하고 노래를 불렀습니다. 그러면 풍뎅이들이 뒤집힌 상태에서 붕붕붕붕 날갯짓을 하는데, 흙먼지를 일으키며 땅에서 뱅뱅뱅뱅 돌게 됩니다. 우리는 그것을 보면서 깔깔거리며 웃곤 했지요.

풍뎅이만큼 많이 괴롭힌 곤충이 잠자리입니다. 숲에 가면 흔히 볼 수 있는 잠자리는 맨손으로도 쉽게 잡을 수 있지만, 바지랑대 위에 앉는 밀잠자리나 하늘을 떼지어 나는 붉은 빛의 고추잠자리는 맨손으로 쉽게 잡히지 않았습니다. 이런 잠자리를 잡기 위해서는 잠자리채를 만들어야 하는데, 우선 부드러운 나뭇가지로 둥그런 테를 만들어 기다란 막대 끝에 고정시킨 후 호랑거미나 왕거미의 줄을 둥그런 테에 두세 겹으로 뜹니다. 이 거미줄이 묻어 있는 잠자리채로 밀잠자리나 고추잠자리 몸에 가져다 대면 닿는 순간 거미줄에 착 달라붙어 꼼짝도 못하지요.

잠자리를 잡은 후에 실로 묶어 날리기도 하고 꼬리 일부를 잘라내고 풀대를 끼워 날려 보내곤 했는데, 이 놀이를 '잠자리 시집보내기'라고 하였습니다. 풀대가 너무 길면 잘 날지 못하는데 그런 경우는 잘 날 수 있도록 풀대를 잘라주었지요. 어떤 때는 거미의 행동을 보기 위해 잡은 잠자리를 왕거미나 호랑거미의 줄에 던집니다. 그러면 잠자리가 거미줄에 걸려 몸부림치는데 그 진동을 느끼고 거미가 잽싸게 와서 잠자리를 거미줄로 칭칭 감아 꼼짝 못하게 하지요.

털을 스치면 엄청난 가려움증을 일으켜 만나고 싶지 않은 곤충들도 있었

습니다. 토요일 오전 수업을 끝내고 배고픈 상태로 윤봉길 의사 사당인 충의사까지 걸어가 잡았던, 손가락만큼씩이나 굵었던 송충이, 감나무 잎이나 도토리나무 잎을 스쳤을 때 벌에 쏘인 것 같은 따끔하고 화끈거리는 고통을 안겨 주었던 쐐기, 개미누에만큼이나 작지만 많은 개체가 옹기종기 모여 있다 천적을 만나면 수많은 털을 공중으로 날려 가려움증을 유발했던 황충이가 주인공이지요.

원호 형네 뽕나무에 가면 쉽게 만날 수 있었던 하늘소, 한여름 등굣길을 앞장서서 안내해 주던 길앞잡이, 채소밭 이곳저곳을 바쁘게 쑤시고 다니던 땅강아지, 감자의 어린 싹을 싹둑싹둑 잘라 놓아 부모님을 애태웠던 구심이도 심통골 사람들에겐 친숙한 곤충들이었지요.

심통골에서 살던 곤충들은 자신의 이름대로 불려졌고, 각각의 개성을 가진 존재로 사람들과 더불어 살아갔습니다. 그러나 불도저로 자연을 밀어내고 건설한 도시에서 촘촘한 방충망을 치고 살아가는 요즘은 각기 다른 이름을 가진 모든 곤충이 귀찮고 더러운 '벌레'일 뿐입니다. 물론 사람들이 관심을 갖건 말건 수많은 곤충들은 오늘도 자신이 있어야할 곳에서 생을 즐기고 있지만요.

네가 곱창을
좋아한다지?

어렸을 때 집에서 먹는 고기는 대부분 집에서 기른 닭고기였습니다. 봄이면 병아리를 20여 마리쯤 사 오거나 집에서 부화시킵니다. 지극 정성껏 길러도 병아리 때 몇 마리는 병에 걸려 죽어 열댓 마리가 약병아리까지 살아남습니다. 그때부터 식구들 생일이라든가 집안에 일이 있을 때마다 한 마리씩 잡아먹었습니다. 여름이 되면 닭들이 알을 낳기 시작하지요. 계란을 모아 장에 내다 팔기도 하고 집에서 반찬을 해 먹기도 하고 소풍 때는 몇 알 삶아 가기도 했지요. 닭은 두엄을 헤쳐 지렁이를 잡아먹거나 쌀겨나 보릿겨와 같이 농사지으며 나오는 부산물을 먹고 자랐지요.

명절 때는 돼지고기 한 근 사다가 김치찌개에 넣어 먹기도 하고, 무를 넣고 국을 끓여 먹기도 했지요. 엄마는 육고기와 민물고기는 전혀 입에 대지 않으셨고, 바다 생선도 고등어나 꽁치 같은 비린내 많이 나는 생선은 좋아

95

하시지 않아 주로 동태나 갈치, 갑오징어 같은 생선을 자주 먹었습니다.

방학이 되면 홍성 남장리에 있는 외가댁에서 일주일 정도씩 생활하곤 했습니다. 외삼촌 내외가 외할머니와 외할아버지를 모시고 4남 2녀의 자녀와 함께 살고 있었는데, 외할아버지는 집 뒤에 있는 대나무로 비를 만들어 홍성장날 다른 물건과 함께 내다 팔았습니다.

"예전에 우리 집 주변의 논밭이 다 우리 꺼여서 벼 바심할 때면 남장리 사람들이 다 와서 도와주고, 갈 때는 벼 말씩이나 들고 갔어. 우리 집 일이 있을 때마다 동네 사람들이 다 우리 집에 와서 밥을 먹었지. 그런데 큰아버지가 아버지 몰래 논문서를 빼내 놀음으로 다 날려버렸어. 그때부터 아버지가 장사를 시작해 근근이 살았지. 큰아버지 땜에 우리들은 국민학교도 못 나와서 이 모양 이 꼴이여."

엄마가 옛날을 생각하며 하신 말씀입니다.

국민학교 3학년 여름방학, 외갓집에 갔을 때였습니다.

"네가 곱창을 좋아한다지? 곱창 사러 같이 가자."

곱창을 먹어본 기억은 없는 것 같은데, 외할아버지는 누구에게서 들었는지 내가 곱창을 좋아한다고 곱창을 사주신다고 하셨습니다.

외할아버지와 집 앞으로 난 수로를 따라 한참 내려가니 슬레이트로 지붕을 한 길고 큰 시멘트벽돌 건물이 나타났는데, 가까이 가니 비릿한 냄새가 코를 찔렀습니다. 좀 더 가니 건물 바깥 도랑에 피가 흥건하게 고여 있어, 더 가기 싫었지만 외할아버지를 따라 건물로 들어갔습니다.

"악!"

바닥은 온통 핏물이 흥건하고 이곳저곳에 동물의 가죽과 내장 등이 쌓여 있고, 껍질이 벗겨지고 뱃속이 텅 빈 소와 돼지가 거꾸로 잔뜩 걸려 있었습니다. 한쪽 바닥에는 죽어 넘어져 있는 말 한 마리가 있는데, 배가 갈라져 창자가 다 나와 있고 입에서 혀가 길게 나와 있었습니다. 외할아버지가 뭐라 하니 한 사람이 건물 한쪽에 가득 쌓여 있는 동물의 내장 더미에서 일부를 잘라 주었는데, 비위가 상하여 속이 울렁거렸습니다.

　저녁에 곱창 국을 끓여 주셨는데 속이 메스껍고 온몸이 열로 펄펄 끓어 밥을 한술도 뜰 수가 없었습니다. 그 뒤로 한동안 고기는 일체 입에 대지 못하였고, 나중에는 닭고기의 흰 살과 비계가 없는 돼지 살코기만 입에 댈 수가 있었습니다. 아직도 곱창은 그리 달갑지 않구요.

이 젖소는
새끼를 못 낳는 소유

요즘 도로공사 등으로 조선시대의 분묘를 이장하는 과정에서 많은 미라가 발견되고 있습니다. 다른 시대의 미라는 잘 안 나오고 조선시대의 미라가 많이 나오는 것은, 조선시대에는 시신이 잘 보존될 수 있는 회곽묘(灰槨墓)를 많이 쓴 결과라고 합니다. 그런데 미라 중 여성이 출산하다, 또는 출산 직후에 사망하여 아이와 함께 묻힌 미라가 종종 발견된다고 합니다. 예전에는 임신한 여자들이 출산하러 방으로 들어가면서 자신의 신발을 보며 하염없이 울었단 얘기를 들은 적이 있습니다. '과연 저 신을 다시 신을 수 있을까?'

요즘은 출산하다 사망하는 인구가 적은데, 시간이 흐를수록 다시 증가하고 있다고 하네요. 우리나라 10만 명당 모성 사망비율은 2012년 9.9명에서 2013년에는 11.5명으로 늘었으며, 서울은 3.2명이고 제주는 16.7명이며 강원도는 서울의 10배라고 합니다. 북한은 남한의 25배인데, 이 사망률은 산부인과의 분포와 관계가 깊다고 합니다. 출생률 저하에 따라 산부인과가 급격히 줄어들고 있는데 분만실을 갖춘 산부인과 수가 2004년 전국에 1천 3백 개에서 2014년에는 절반으로 줄었다고 합니다. 우리 주변에 제왕절개 수술로 출생한 사람들이 많은데 산부인과가 없던 시절이었으면 출생이 불가능했을 테고, 엄마와 함께 사망했을 겁니다.

모성보호를 위해선 산부인과가 없는 곳엔 보건소에 산파 역할을 할 수 있는 교육을 받은 분들을 의무적으로 배치하게 하여 난산에 대비해야 할 것입니다.

예전에 젖소의 난산을 경험한 적 있는데, 젖소의 출산을 보면서 산부인과가 없다면 사람도 똑같은 경우에 처할 수 있을 거란 생각을 한 적이 있습니다.

1981년. 고등학교 1학년 때 북문리 옆집에 소규모 젖소 목장이 있었습니다. 당시는 소고기와 유제품을 외국에서 수입하지 않을 때라 축산 농가는 수입이 좋았습니다. 당시 옆집은 처음으로 임신한 젖소를 370만 원이라는 거금을 주고 사 왔습니다. 처음 임신한 소이기 때문에 오랫동안 새끼를 낳을 수 있을 테고 새끼를 출산하고 난 후부터 우유가 생산되는데, 앞으로 생산될 우유값까지 고려된 값이었을 겁니다.

1984년도 공주사대에 입학했을 때 6개월 수업료로 22만 원을 냈었고, 당시 충남대는 80만 원을 냈던 걸로 기억하는데, 대학 수업료와 비교해보면 당시 젖소 값이 얼마나 비쌌는지 알 수 있을 것입니다.

옆집 젖소는 여름방학 때 출산 예정이었는데, 출산예정일이 되면 식구들이 바짝 긴장하게 됩니다. 젖을 많이 생산하려고 영양가 많은 사료를 계속 주다 보니 젖소들은 새끼가 자꾸 커지게 됐고, 소가 혼자만의 힘으로 출산을 할 수가 없게 되었기 때문입니다. 옆집 아주머니는 주변에 사는 몇몇 집 청년들에게 도움을 요청해 놓은 상태였습니다. 드디어 옆집에서 부르는 소리가 나서 가 보니 젖소가 출산을 시작하고 있었습니다. 그런데 앞발 두 개는 나왔는데 더 이상 진척이 없습니다. 우선 앞발 위에 있는 송아지 코를 찾아 숨을 쉴 수 있도록 양수를 닦아 주었습니다. 이제 소의 힘으로만 출산할 수 없다고 판단하여 앞발 두 개에 두 사람이 붙어 소가 힘줄 때 힘껏 잡아당겼습니다. 그런데도 꿈쩍하지 않았습니다.

"이러다 송아지 죽겠어! 송아지 양쪽 발에 밧줄을 묶어!"

밧줄에 여러 사람이 붙어 소가 힘 줄 때마다 당겨보지만 송아지가 나올 생각을 않습니다. 그러는 과정에서 송아지 발이 밧줄에 의해 상했고, 송아지는 숨을 거두었습니다.

"송아지는 틀린 것 같고 어미라도 살리자구. 밧줄을 경운기에 묶어봐."

이제는 경운기로 송아지 발을 끌기 시작하는데 그 큰 덩치의 앉아 있는 어미소가 끌려오려고 하는데도 송아지는 나올 생각을 안 합니다. 낙담한 주인아저씨가 읍내 수의사를 불렀습니다. 그동안 한 번도 이런 적이 없어서 처음부터 수의사를 부르지 않았던 것입니다.

수의사가 도착하여 상황을 살펴보더니 안됐다는 표정으로 말했습니다.

"쯧쯧, 쪽어샀슈. 이소는 새끼를 못 낳는 소유."

"잉, 무슨 소리여."

"여기 보슈. 이 어미소 엉덩이가 이렇게 좁잖유. 이소는 통뼈라 임신은 할 수 있지만, 골반이 벌어지지 않아 새끼는 낳을 수 읍슈."

낙담한 아저씨가 하소연하듯 말했습니다.

"그래도 이 사람아, 어미라도 살려주게."

"쉽지 않겠는디유."

"그래도 방법이 읍것나?"

"……. 휴 우. 한 번 시도는 혀 보는디…….."

수의사는 손에 고무장갑을 낀 후 차에서 와이어 줄을 하나 가져왔습니다. 두 손에 와이어 줄을 감더니 소의 자궁으로 손을 깊이 집어넣었습니다. 수의사는 송아지의 목을 찾아 와이어줄을 걸고 양손으로 줄을 당겼다 놓기를 반복했습니다. 땀을 비 오듯 흘리며 노력한 끝에 어미소의 자궁 속에서 송아지의 머리를 절단해 빼내는 데 성공했습니다.

"웬만허믄 머리가 나오면 몸이 나올 수 있는디, 안 되겠슈. 어깨를 빼낼 수가 읍네유."

"아이고, 방법이 읍건남."

"읍슈. 어미소의 배를 가르고 꺼내는 수가 있지만, 수술비가 어미소 값보다 더 나올 規. 배보다 배꼽이 더 커유."

"……"

결국 그 소는 90만 원에 읍내 정육점 주인에게 팔렸습니다. 잠시 후에 트럭이 와서 젖소를 실어갔는데, 도살장으로 실려 가는 젖소를 보며 아저씨는 땀과 눈물로 범벅이 된 얼굴로 그 자리에 주저앉아버렸습니다. 먹을 것 안 먹고 입을 것 안 입고 알뜰살뜰히 모아 장만한 살림밑천을 그렇게 허망하게 떠나보낸 아저씨의 마음을 알기에 동네 사람들도 쉽게 자리를 뜨지 못했습니다.

요새는 호밀빵이 웰빙 식품이라구유?
뽀루수 많이 따 먹으면 똥구멍 찢어진다
아이 꼴레리, 애들 밤 딴대요
쌀 한 톨이라도 함부로 버리면 지루가는겨

식물 이야기

요새는 호밀빵이
웰빙 식품이라구유?

따뜻한 햇살 고인 창말 방앗간,
국수 누르던 날의 추억이 김 서리듯 달라붙는다.

소청 기저귀처럼 드리워진 국숫발 사이로
구 남매의 자잘한 웃음소리가 휘감기고,
고집 센 영감님의 설교도 귓전에 닿지 않고,
산 꿩 소리마저 나른한 오후

국수가 마를 때까지는
모처럼 굽은 허리를 쭉 펴고
길 너머를 건너다보는 온전히 어머니의 시간이다.

기름 찌든 방앗간 달력,

시월 그믐날은 항상 빨간색 동그라미에 갇혀 있다.

돌떡을 해먹이지 못해 연신 넘어지는 뒤둠 바리 새끼를 위해

어머니는 주인 몰래 표시해 놓으셨나 보다

국수가 소복이 쌓인

들마루엔

항상 어머니가 환하게 앉아 계시고

먹먹한 인연이 그리울 땐

시골 방앗간 환한 기름 냄새에 취해 든다.

― 이성찬, 「국수 누르는 날」

어렸을 때는 흔했지만 요즘 우리 주변에서 보기 어려워진 작물 중에 밀
이 있습니다. 심통골 대부분의 농가에서는 두 종류의 밀을 재배했는데, 참
밀과 호밀이었습니다. 참밀은 밀가루를 만들어 사람들이 먹기 위해 재배했
고, 호밀은 소의 사료와 밀대 방석을 만들기 위해 재배했지요. 밀은 가을에
파종하여 파랗게 싹이 튼 상태로 겨울을 난 후 따뜻한 봄이 오면 부쩍 자라
서 6월쯤에 수확하게 됩니다. 밀이 자라는 시기는 병충해가 활동하지 않는
계절이기에 농약을 안 줘도 별 탈 없이 잘 자랍니다. 그야말로 무농약 식품

이었지요.

참밀은 요즘 우리 밀이라고 하는 것으로 키가 50~60센티미터로 작아 바람의 피해가 거의 없고 호밀에 비해 수확량이 많았습니다. 밀을 수확한 후 제분하면 하얗고 고운 밀가루가 되는데 이 밀가루로 다양한 음식을 해 먹습니다. 읍내 국숫집에 가지고 가서 가지런한 국수를 빼오기도 하고 여름철에 잘 반죽하여 칼로 숭숭 썰어 수제 면을 만든 후에 애호박을 넣고 구수한 엄마표 칼국수를 만들어 먹기도 했지요. 또 한 가지는 빵을 만드는데, 소다와 당원을 넣고 밀가루를 반죽하여 부풀 때까지 기다린 후 물을 넣은 가마솥에 싸리 광주리나 싸리 채반을 넣고 그 위에 베 보자기를 깐 후 밀가루 반죽을 올린 후 쪄내면 노르스름하면서 부드러운 빵이 됩니다.

빵을 찌는 방법은 두 가지가 있는데, 한 가지는 베 보자기 위에 반죽을 한 번에 담아 쪄낸 후 칼로 두부 썰 듯이 써는 방법이 있고, 베 보자기 위에 호박잎을 깔고 호박잎 위에 반죽을 조금씩 올려 쪄내는 방법이 있지요. 요즘처럼 설탕과 초콜릿과 빵을 부드럽게 하는 우유를 넣지는 못하고 기껏해야 완두콩이나 강낭콩 정도가 들어간 빵이었지만, 아주 맛있고 유용한 간식이었습니다.

호밀은 키가 2미터까지 자라서 대부분 바람에 엎치고 수확량도 많지 않지만 수확한 알곡은 거칠게 빻아 밀기울을 만들어 쇠죽 쑬 때 넣어주는 소의 사료가 되고, 줄기로는 다양한 용도로 쓰이는 밀대 방석을 만들기 때문에 해마다 거르지 않고 재배했습니다.

요즘은 농가에서도 고추를 널거나 고사리 같은 산나물을 말릴 때 비닐

포장을 사용하지만 예전에는 호밀짚으로 만든 밀대 방석을 사용했습니다. 또한 전기도 안 들어와 선풍기도 없고 방도 좁았기 때문에 무더운 여름, 저녁밥은 바람이 잘 통하는 바깥마당에 밀대 방석을 깔고 먹었지요. 고추를 말릴 때도 사용하고 야외용 자리로도 사용된 밀대 방석의 마지막 사용처는 고구마를 보관하는 고구마 동가리였습니다.

서너 살쯤 되었을 어느 날.

"엄마 빵, 엄마 빵."

하고 엄마를 졸졸 따라다니며 빵을 달라고 노래했습니다. 마침 집에는 밀가루도 다 떨어졌고, 읍내에까지 가서 빵을 사 올 상황도 못되었습니다. 엄마는 소에게 주기 위해 빻아왔던 호밀기울을 고운체로 쳐서 호밀가루를 마련했고 호밀가루를 반죽하여 노란 빛깔의 빵을 만들어주셨습니다.

당시 엄마는 임기응변으로 어쩔 수 없이 소가 먹을 밀기울을 이용해 호밀빵을 만들어주셨는데, 요즘은 웰빙 식품으로 호밀빵이 뜨고 있는 것 같습니다. 물론 요즘 만드는 빵의 재료는 대부분 수입산이지만요.

뽀루수 많이 따 먹으면
똥구멍 찢어진다

 예전 산골에서 사셨던 분들은 비슷한 기억을 가지고 있겠지만, 어렸을 때의 간식은 대부분 들과 산에서 자라는 식물들이었습니다. 대표적인 게 겨울철의 칡뿌리, 봄철의 찔레, 삐비, 늦봄과 초여름의 시영(싱아), 가을철의 팥배나무 열매와 뽀루수, 개금(개암), 밤, 감 등이 있었습니다.

 칡뿌리는 주로 겨울철에 캐는데, 혼자 캐기 어려워 무치기의 원호형과 같이 캐곤 했습니다. 잎이 진 겨울에 캐기 때문에 음지에선 땅이 얼어 캘 수가 없고 양지쪽에 있는 것을 캐는데, 한겨울에는 양지쪽도 얼어 곡괭이로 겉의 언 땅을 찍어낸 후에야 캘 수 있는 경우가 많았습니다. 산에서 적당한 굵기의 칡넝쿨을 발견하면 주변 나무를 정리하고 땅을 파서 머리 아랫부분에서 뻗어나간 뿌리가 몇 줄기인지, 땅속으로 들어갔는지 옆으로 뻗었는지 확인한 후에 조건이 맞는 것을 캐게 됩니다.

가장 좋은 것은 머리 부분에서 한줄기의 뿌리가 뻗어 땅 속으로 들어가지 않고 땅 표면의 옆으로 자라 있는 것입니다. 한줄기로 뻗었고 깊이 안 박히고 쉽게 캘 수 있어도 칡의 굵기에 변화가 없으면 캘 필요가 없습니다. 숫칡으로 맛도 씁쓸하고 즙도 안 나오고 딱딱해서 먹을 수가 없기 때문이죠. 알 칡(암칡)은 처음 부분은 굵지 않아도 아래로 내려가면서 급격히 굵어지며 길이도 짧은데, 이런 칡은 부드러워서 조금만 잡아당겨도 칡이 뚝 끊어집니다. 잘라서 먹어 보면 즙이 많으며 맛도 달고 칡의 70~80%가 녹말로 되어 있어서 껌처럼 씹다 보면 뱉을 것이 얼마 안 남게 됩니다.

칡을 너무 많이 먹으면 입과 손이 시커멓게 변하고 헛바늘이 서기도 하지만, 겨울철에 그만한 간식이 없었지요. 더러 학교에 가지고 가면 친구들로부터 대 환영을 받곤 했고요.

찔레는 봄철에 돋는 찔레순이 연할 때 꺾어 먹는 것인데, 되도록 굵고 연한 순을 골라 꺾어 껍질을 벗겨 먹으면 달짝지근하고 허기도 달랠 수 있었습니다. 요즘도 봄철에 산을 걷다 찔레순을 만나면 반갑게 꺾어 먹곤 하는데, 아이들에게 주면 신기해하면서 먹어보긴 하지만 별로 달가워하진 않습니다.

삐비는 띠풀의 이삭으로 꽃이 피기 전에 뽑아 껍질을 까고 하얀 속을 빼내 껌처럼 씹어 먹는데, 이 삐비도 달짝지근하며 먹을 만했습니다. 학교를 오갈 때 심심한 입을 달래주었던 아주 친근한 간식이었지요.

늦봄과 초여름의 목마름을 시원하게 해결해 주는 것은 시영만 한 게 없었습니다. 시영은 다년생 식물로 뿌리를 캐 보면 검붉은 색으로 큼지막하게 박혀 있는데, 해마다 똑같은 자리에서 자랍니다. 모두 시큼한 맛이 나지만 개체에 따라 맛이 다양한 데 어떤 것은 약간 떫은맛이 나는 것도 있고, 어떤 것은 시큼하면서도 시원한 맛이 나기도 합니다. 가장 좋은 것은 부드러우면서 굵고 뚝 잘랐을 때 가운데에 구멍이 뻥 뚫려 있는 것으로 이런 시엉을 참성이라 불렀는데 좋은 간식거리였습니다.

가을철의 뽀루수도 빼놓을 수 없는 간식인데, 붉은색의 열매로 큰 것은 팥알 만하고 작은 것은 녹두알 만한데 크기도 다양하고 맛도 약간 시큼한 것에서 아주 달달한 것까지 다양했습니다. 우리 집 뒷산에도 있었고 병구네 뒷산에도 많았지만, 무치기 원호형네 집 주변에 가장 많았습니다. 한 알씩 따서 먹는 것도 괜찮지만 한주먹 모아서 한 번에 입에 털어 넣고 먹으면 단맛이 입안에 가득 고이지요. 그런데 너무 많이 따 먹으면 문제가 됩니다. 뽀루수 씨앗들이 소화가 안 되어 대변으로 나오는데, 이것들이 딱딱하게 뭉치면 문제가 심각해집니다.

어느 해 가을에 동네 애들과 동생들이랑 원호형네 집 주변에서 뽀루수를 잔뜩 따먹고 왔습니다. 그다음 날 변소에 가서 고생 좀 했는데 똥구멍이 찢어지는 고통을 겪은 다음에야 변소에서 나올 수 있었습니다. 그런데 동생은 아무리 노력해도 해결을 할 수가 없었습니다. 본인은 괴로움에 울고불고하고 가족들이 옆에서 응원했지만 좀처럼 해결이 안 되었습니다. 결국은 아버지가 나무 꼬챙이로 딱딱한 덩어리를 조금씩 파낸 후에야 변소에서 나올 수가 있었습니다.

아이 꼴레리,
애들 밤 딴대요

달강달강 달강달강

서울 길에 갔다 오다 밤 한 되를 줏어다가 살강 밑에 묻었더니

머리 까만 새앙쥐가 달강달강 다 까먹구 밤 한 톨 남었는디

가마솥에다 삶을까 쇠죽솥에다 삶을까 작은 솥에다 삶을까 가마솥에 삶

어서

조랭이로 건질까 국자로 건질까 주걱으루 건질까 조랭이로 건져서

겉껍질은 선희네 주고 속껍질은 문환네 주고

알맹일랑 우리끼리 알콩달콩 맛있게 먹자

— 어릴 때 부르고 놀았던 노래, 〈달강달강〉

집 주변에 있는 밭가에는 밤나무가 심어져 있었는데 집을 중심으로 열댓

그루가 빙 둘러서 있었습니다. 이 밤나무가 없었다면 집을 둘러싸고 있는 전체적인 분위기가 좀 삭막하게 느껴졌을 텐데, 이 밤나무들이 있어 집을 포근하고 안정감 있게 만들어주었습니다.

학교가 파한 후 덕산 읍내에서 뙤약볕 속을 한 시간쯤 걸어 선희 할머니 댁을 지나 언덕 위의 이 시원한 밤나무 품에만 들어서면 '아~ 다 왔다'는 안도감과 편안함을 느끼곤 했지요.

봄이면 파릇파릇 새싹이 돋고, 노란 꽃이 필 때면 곤충들의 잔치가 벌어집니다. 밤낮으로 진한 꿀 냄새를 풍겨, 벌 나비뿐만 아니라 산속에 있는 모든 곤충 식구들을 불러 모아 꽃 잔치를 벌이지요. 이 밤나무는 수많은 새들의 안식처가 되기도 했습니다. 알락할미새에게 둥지를 제공해주기도 하고, 꾀꼬리의 쉼터도 되고, 밤이 되면 소쩍새와 두견이가 자신의 존재를 알리고, 쏙독새가 밤새 피를 토하는 곳도 이 밤나무 숲이었지요.

집 주변에 심어져 있는 밤나무들은 재래종으로 밤의 크기도 다르고 맛도 제각각입니다. 밤은 대부분 한 송이에 세 알씩 들어있습니다. 그런데 그 조그만 밤송이 하나에 밤알이 흥부네 식구처럼 대여섯 개나 들어 있는 경우가 있는데, 우리는 이런 밤을 광주리 밤이라고 불렀습니다. 좁은 공간에 많은 밤이 들어 있다 보니 익기도 전에 밤송이가 터지는 경우가 많았고, 한 송이에 들어있는 밤알이지만 삼각형, 마름모꼴, 쭉정이 등 다양한 모습을 보였지요. 반면에 한 송이에 밤알이 단 한 개만 들어 있는 경우도 있는데, 동그란 모양이고 회오리 밤이라고 불렀습니다.

딱 한그루가 일 년에 꽃을 두 번 피웠는데, 그 밤나무를 '두벌 밤나무'라고 불렀습니다. 밤이 달린 상태에서 여름에 꽃을 한 번 더 피웠는데 서리 오기 직전까지 열심히 밤을 키우지만 알밤은 못 만들고 풋밤 상태로 서리를 맞게 됩니다. 그런데 그 밤 맛이 일품이었습니다.

국민학교 5학년 때쯤 일본 밤나무라고 불리며 밤의 크기가 재래종의 두세 배나 되는 신품종이 등장했는데, 심통골에는 목장집의 준기형이 처음 심었습니다. 아버지도 재래종 밤을 심어 새끼손가락 굵기로 자란 묘목에 준기형네 밤나무 가지를 잘라다 접붙이기를 했는데, 3~4년 후부터는 굵은 밤을 생산할 수 있었습니다. 아버지는 집 주변에 있던 고욤나무와 재래종 감나무에 골감과 대봉을 접붙이기하여 몇 년 뒤부터는 골감과 대봉도 수확할 수 있었죠.

초가을. 밤이 익기 시작하여 밤알이 '투둑' 떨어지는데, 부모님은 논일 밭일이 바빠 주울 시간이 없습니다. 그냥 두면 쥐들이 갉아먹고 사람들이 주워가지요. 엄마는 시장에 가서 바가지만 한 플라스틱 그릇 세 개를 사 오셨습니다. 제 것이 가장 컸고 동생들 것은 좀 작았습니다. 엄마는 학교에 가기 전에 떨어진 밤을 한 그릇씩만 줍고 가라고, 새벽이면 잠자는 우리 삼 남매를 깨웠습니다. 잠이 덜 깬 상태로 그릇을 들고 집 앞 밤나무 아래에 앉습니다. 바로 앞의 심통골부터 학교산 너머의 예당평야와 예당평야 너머에 있는 차령산맥까지 한눈에 들어옵니다. 옅은 운무에 덮인 누렇게 익어가는 너른 들판도 아직 잠이 덜 깬 듯합니다. 하염없이 앉아 있다 보면 서서히 운무가 옅어집니다. 오른쪽 산기슭에서 미풍이 일어 심통골의 익어가는 벼들을 깨우며 지나가는 모습을 보며 자리에서 일어납니다. 오늘도 손에는 빈 그릇이 들려 있습니다.

밤송이가 한두 송이씩 벌어지기 시작하면 한두 톨씩 떨어진 것을 줍다가, 나중에 일제히 밤송이가 벌면 식구들이 함께 있는 주말을 이용하여 밤을 텁니다. 아버지가 머리를 보호하기 위해 철모 내피를 쓰고 나무에 올라가 바지랑대로 밤을 털지요. 후두두둑 알밤과 밤송이가 떨어지면 알밤은 줍고 밤송이는 지게로 져 굴뚝 옆의 처마 아래에 쌓아 두고 시간이 날 때마다 밤알을 발랐습니다.

수확한 밤은 벌레 먹은 것과 온전한 것으로 분류하고, 온전한 밤은 다시 대, 중, 소, 크기별로 분류하여 장에 내다 팔았는데, 가을 한 철 든든한 살림 밑천이었습니다. 밤은 소풍 갈 때도 삶아가고, 운동회 할 때도 삶아가고, 농사가 끝난 후 농사를 도와주셨던 분을 대접할 때는 가장 좋은 밤을 삶아 내놓았지요. 그렇지만 집에서는 온전한 밤을 먹지 못하고 팔지 못하는 벌레 먹은 밤을 삶아 먹었습니다.

밤이 익을 때면 친구들이 많이 찾아왔습니다. 국민학교 5학년 때쯤, 읍내리 친구들과 상가리 친구들이 와서 밤을 발랐습니다. 알밤이 처음 나오기 시작할 때인데, 밤알이 그리 크지 않았습니다.

"야, 너네 집 밤은 별로다. 저 옆집으로 가 보자."

"야, 그 집 아저씨 무서워."

"야, 안 들키게 따면 되지."

우리는 살금살금 등성이로 가서 병구네 집을 살펴보니 병구 아버님은 마당에서 병구와 소 여물을 썰고 계셨습니다.

등성이에 밤알도 크고 일찍 여무는 아주 큰 밤나무가 있었는데, 가지도 축축 늘어져 등성이 위쪽에선 쉽게 딸 수 있었습니다. 우리는 등성이에 가방과 책보를 벗어놓고 살금살금 밤나무로 접근하여 밤을 바르기 시작했습니다. 낙무도, 해청이도, 환모도 크고 잘 여문 밤을 발랐는데, 성명이가 까는 밤송이에선 아직 덜 여문 풋밤만 계속해서 나왔습니다.

우리는 작은 소리로 속삭였지요.

"성명이는 왜 풋밤만 골라서 바른다냐."

"히히, 글쎄? 성명아, 잘 골라봐."

약이 오른 성명이는 밤나무 위를 바라보았습니다. 밤나무 저 위에는 잘 여물어서 벌어지기 시작하는 큼지막한 밤송이들이 잔뜩 달려 있었습니다.

"에이 씨, 나 저 위로 올라가서 딴다."

성명이는 밤나무 위로 성큼성큼 올라갔습니다. 밤나무 꼭대기로 올라갈 수 있는 데까지 다 올라갔지만 밤송이는 아직도 저 위에 달려 있어 딸 수가 없었습니다. 약이 오를 때까지 오른 성명이는 큰소리로 외쳤습니다.

"아이 꼴레리, 애들 밤 딴대요."

소리가 나자마자 저 아래서 병구 아버님이 뛰어오시기 시작했습니다.

"아이쿠. 야, 가방 챙기구 산속으로 튀어."

우리들은 정신없이 자기 가방을 챙겨서 산속으로 숨었습니다. 나무 꼭대기에서 소리친 성명이도 정신없이 나무에서 내려왔지만, 이미 성명이의 책보는 병구 아버지의 손에 들어가 있었습니다. 병구 아버지는 성명이의 책보를 들고 내려가셨습니다. 겁을 잔뜩 먹은 성명이는 병구 아버지에게 가서 눈물 콧물을 흘리며 울면서 빌었지만 책보를 돌려받을 수 없었습니다. 한참 혼난 후에야 아버지의 중재로 책보를 찾을 수 있었지요.

쌀 한 톨이라도
함부로 버리면 지루가는겨

요즘 밥 한공기의 값이 커피 한 잔 값보다 못한 사회가 되었고 쌀이 남아돌아 쌀 생산을 조절하기 위해 논을 휴경하면 장려금까지 주지만, 식량이 부족했던 예전 생활에선 가장 중요한 것이 쌀이었습니다. 쌀 한 톨이 나의 입에 들어올 때까지 농부님들과 부모님의 손길이 몇 번이나 들어갔을까요? 팔십팔(八十八)이 합쳐져 쌀 미(米) 자가 만들어졌고, 사람 나이 팔십팔세를 미수(米壽)라고 하는 것을 보면, 쌀 한 톨을 만들기 위해 많은 수고가 들어간 것 같습니다.

예전에 전통적인 방법으로 논농사를 짓던 순서를 되돌아볼까요? 우선 날씨가 풀리면 쟁기로 논을 두 번 갈아엎은 후에 써레질을 하여 못자리를 만들지요. 계란을 띄워 비중을 맞춘 소금물에 볍씨를 넣어 위에 뜨는 부실한 볍씨는 골라내고 튼실한 볍씨로 싹을 틔워 못자리에 뿌립니다. 못자리

119

에 뿌린 볍씨를 새들이 쪼아 먹지 못하도록 쫓아주어야 하고, 못자리 표면에서 이끼가 생겨 볍씨를 뜨게 하는 현상인 괴불이 일지 못하도록 수시로 황토나 모래도 뿌려주어야 합니다. 가장 중요한 것은 물 관리인데, 못자리를 설치할 때는 심통골의 두 계곡에서 내려오는 물의 양이 아주 적어집니다. 그럼 이때부터 그 물을 자기 못자리로 끌어오기 위한 '아전인수(我田引水) 작전'이 벌어지는데 밤낮을 가리지 않습니다. 그 적은 물을 자기 못자리로 끌어오지 못하면 1년 농사를 망치게 되니까요.

'물꼬 싸움은 형제도 없다'고 사이좋던 이웃 간에도 대판 싸움이 벌어지기 일쑤였습니다. 졸졸 흐르는 물줄기를 내 못자리로 끌어들이기 위하여 밤에 엄마가 내려가서 계곡 위쪽에 있는 수멍을 모두 막아 우리 수멍으로 물을 흐르게 해 놓고 옵니다. 그러나 조금 있으면 후레쉬 불빛이 어른어른하는데 다른 사람이 와서 똑같은 일을 하는 겁니다. 그 사람이 가면 또 다른 사람이 자기 논으로 물을 대고.

우리 논은 심통골 계곡의 상류에 위치해 있었는데, 주변의 논들은 심통골에 사는 사람이 아닌 개골이나 산 너머 사석리 소란에 사는 사람들의 논이 많았습니다. 그분들은 하룻밤에 한 번 다녀가면 그만이었지만 문제는 바로 아랫집에서 논과 가장 가까이 사시는 선희 할아버지였습니다. 선희 할아버지네 논으로 흐르는 수멍을 막아야 우리 논으로 물이 흐르는데, 엄마가 물길을 돌리고 오면, 선희 할아버지가 냉큼 다시 가서 물길을 돌려놓습니다.

물꼬 싸움이 치열하던 어느 날 저녁에 선희 할아버지가 마실 오셔서

"엊그제 읍내 박서방이 죽었잖어?"

"예, 저 아리랑 고개 위에다 묘를 썼지요."

"내 거기 가서 국밥 한 그릇 잘 얻어먹고 왔네. 그런데 시체를 땅에 묻고 멀쩡한 나무관을 태우려고 하질 않나. 그래서 그거 태우지 못하게 하고 내 가져왔네."

"예? 그 관으로 뭐하시려구요?"

"잉, 우리 수멍이 낡아서 수멍을 보수하려고. 허ㅡ 허ㅡ 허ㅡ"

선희 할아버지가 가시고 난 후 엄마가 말씀하셨습니다.

"저 영감탱이가 내 들으라고 허는 말이여. 내가 그런다고 그 수멍통을 못 막을 줄 아나?"

어린 모가 못자리에서 자라는 동안 모내기 준비를 해야 합니다. 겨우내 지게로 져낸 두엄을 골고루 논바닥에 편 후 논을 두 번 갈아엎습니다. 논에 물을 그득 담은 후에 모내기 직전에 써레질을 해 놓으면 모내기를 할 수 있지요.

못자리에 모가 적당히 자라면 모를 쪄서(뽑아서) 모내기를 해야 하는데 비가 순조롭게 내리면 일꾼을 사거나 품앗이로, 논이 적은 집은 호라시(자기 가족끼리 일하는 것)로 노래를 부르며 느긋하게 모내기를 할 수 있습니다. 그런데 모내기 철에 비가 내리지 않으면 난리가 납니다. 적기에 모내기할 때 한 포기에 모를 4~5개씩 심으면 땅속줄기에서 새끼를 쳐서 추수할 때는 두세 배의 이삭을 수확할 수가 있는데, 늦게 심으면 땅속줄기에서 불어나는 줄기 수가 줄어들고 극단적인 경우는 심은 모의 수만큼만 수확하게 되기 때문입니다.

　모내기는 때를 놓치지 말아야 하기 때문에 모내기할 때는 학생들에게 부모님을 도와드리라고 보통 일주일 정도 가정실습을 주곤 했습니다. 모든 작업을 수작업으로 하기 때문에 인원수를 확보하는 것이 무엇보다 중요했기 때문이죠. 당시는 국민학교 고학년이면 어른만큼의 일을 할 수가 있었고 저학년일지라도 부모님을 도와드릴 수 있었기 때문에 가정실습은 아주 유용했지요.

　중학교 2학년 때로 기억되는데 그해는 모내기 철에 비가 전혀 오지 않았습니다. 못자리에서 모는 계속 커 가는데 비가 안 오니 국가적인 비상사태였지요. 그렇게 애간장을 녹이던 비가 6월 말에서야 장마로 쏟아졌습니다. 국가에서는 총동원령을 내렸습니다. 학교에 등교하면 모두 체육복으로 갈아입고 선생님의 인솔하에 들판으로 나가 일주일 동안 하루종일 모내기만 해야 했습니다. 학교 주변에서 일을 하는 날은 그나마 다행이었는데, 제일 멀리 간 때는 한 시간 반쯤 걸어 고개를 하나 넘어 봉산면의 들판에서 모를 심었지요. 국민학생, 중학생, 고등학생, 군인들까지 총동원되었지요.

　비상사태가 아니더라도 기계가 없던 시절 모내기 철에는 돈을 주어도 품을 살 수가 없어 어른, 아이 할 것 없이 동네 사람 모두가 동원됩니다. 동네에서는 집집마다 모내기 순번을 정한 후 한 집에서 한 사람씩 나와 품앗이로 모내기를 하였습니다.

　모내기 일이 어려운 것은 모내기 철의 하루해가 엄청 길기 때문입니다. 허리가 엄청 아프지요. 또 한 가지는 피를 빨아먹으려 끊임없이 달려드는 거머리 때문이지요. 우리 몸은 상처가 나면 혈소판이 작용하여 피를 멈추게 한다고 합니다. 피를 잘 빨아먹으려면 혈소판이 작용하지 못하게 해야 하는데, 그런 효소를 가지고 있는 동물이 모기와 거머리라고 합니다.

모기는 사람의 피부에 앉은 후에 피부에 빨대처럼 생긴 입을 꽂은 후 자기 침을 주입한다고 합니다. 모기 침에는 혈액응고 방지제인 헤파린 성분이 들어있는데, 이 헤파린이 몸에 들어오면 무척 가렵다고 합니다. 침을 주입하여 피가 응고되지 못하게 하고 피를 빨아먹는 거지요. 그런데 모기는 사람의 피만 빨아먹는 것이 아니라 다양한 동물의 피를 빨아먹지요. 소의 피를 빨아먹은 후에 소의 피가 섞여 있는 침을 돼지의 피부에 주입하고, 소와 돼지의 피가 섞여 있는 침을 사람의 피부에 주입하지요. 그 과정에서 소나 돼지의 몸속에 있던 병균이 사람의 몸속으로 들어와 질병을 일으키게 됩니다.

거머리의 침에도 이 헤파린 성분이 들어있는데 덩치로 볼 때 모기보다 양이 엄청나게 많겠지요. 거머리는 사람 다리에 붙은 다음에 빨판에 있는 이로 사람의 다리에 상처를 내고 이 상처 낸 곳에 다량의 헤파린을 주입합니다. 거머리가 빨판을 착 붙이고 달라붙으면 떼어내기도 어렵지만 떼어내도 무지 가려우면서 피가 끊임없이 흘러내립니다. 피난다고 모심기를 안 할 수가 없어 피를 흘리며 모내기를 계속하다 보면 피 냄새를 맡고 또 다른 거머리가 똑같은 자리에 달라붙어 피를 빨지요. 모기의 가려움은 몇 시간이면 없어지지만 거머리 자리의 가려움은 며칠을 갔습니다.

그런데 거머리보다 더 무시무시한 놈이 있는데 바로 생고자리였습니다. 이놈에게 쏘이면 '악!' 소리가 절로 납니다. 무척 아프지요. 주로 찬물이 나고 물이 항시 고여 있는 곳에서 자주 쏘였습니다.

모내기가 끝나면 이제 논을 매주어야 하지요. 날카로운 벼 잎에 스치는 것을 막기 위해 팔에 토시를 끼고, 손끝에는 망사로 된 튼튼한 골무를 끼고 논흙을 긁으면서 풀을 뽑아주지요. 요즘은 볼 수 없지만 예전 밤나무에는, 애벌레는 누에만 하고 나방은 참새만 하며 양쪽 날개에 무시무시한 눈 모양의 무늬를 가지고 있는 밤나무산누에나방이 살았는데, 그 나방은 튼튼한 망사 형태의 누에꼬치만 한 집을 지었습니다. 그 집을 따다가 반을 잘라 손가락에 끼고 논을 매면 논바닥에 있는 돌을 스치더라도 손가락 부상을 막을 수 있었지요.

벼가 무럭무럭 자랄 때 벼 포기 속에서 같이 자라는 피를 뽑아주어야 하는데 이걸 '피사리'라고 했습니다. 피는 모양이 벼와 거의 같지만 벼보다 좀 더 강하게 생겼고 결정적으로 가운데 잎맥이 벼보다 굵고 흰색이 뚜렷합니다. 뽑아 보면 뿌리도 벼보다 하얗고 굵기도 굵고요.

벼 이삭이 패고 한여름 대지의 기운을 받아들여 벼이삭이 익어가면 들판은 벼 익는 향기로 가득하지요. 누런빛으로 고개를 숙인 벼가 충분히 여물면 아버지는 논의 물을 빼고 벼 베기를 준비하셨습니다. 벼 베기는 여유를 가지고 해도 되기 때문에 가족끼리 하였습니다. 역시 벼 베기 철에도 일주일 정도 가정실습을 주는데 아버지와 엄마와 셋이서 일주일 정도 고생하면 벼 베기를 마칠 수 있었습니다. 논이 가장 많았을 때가 다섯 마지기(1,000평)였으니까요.

일단 벼를 논바닥에 베어 놓는데 벼가 적당히 마르면 볏짚으로 볏단을 묶어야 합니다. 볏단을 다 묶으면 논둑으로 다 들어낸 후 아버지가 볏단을 논둑에 한 줄로 세워두지요. 아버지는 100개의 볏단을 세운 후에 이삭을 하나씩 따 두는 방법으로 그해 볏단이 얼마나 생산됐는지 헤아려보곤 했습니다. 세운 볏단은 충분히 마르도록 반대로 뒤집어 주기를 여러 번 했습니다.

볏단이 다 말랐다고 생각되면 그 볏단을 지게로 져서 바심(타작)할 바깥마당으로 옮겨야 하는데, 이게 또 고역입니다. 멀리 있던 논은 집 앞 비탈길을 내려가 선희 할머니 댁을 지나고 심통골 할머니 댁을 지나 산 고개를 하나 넘어 사석리 소란의 미룰이라는 곳까지 가야 하는데, 지게를 지고 가는데 25분, 오는데 40분 이상이 걸리고, 오다가 최소 두세 번은 쉬어야 마당에 도착할 수 있습니다. 이 논에서 볏단을 져 올릴 때는 힘이 세셨던 개골의 중산이 아저씨와 아리랑 고개의 향옥이 아버님 같은 분들의 도움을 받아야 했습니다. 집 앞 언덕 아래에 있는 다랑가지 논의 볏단들은 밤에 엄마와 둘이 날랐습니다. 국민학교 4학년 이후로 아버지는 해수 천식 증상이 심해져 어려운 일을 못하셨는데, 낮에 하는 것보다 밤에 하는 게 더 쉬워 나는 지게로 지고 엄마는 머리에 이고 볏단을 날랐지요.

볏단을 다 옮겼으면 이제 또 바심을 해야 하는데, 이 일도 가족만으론 일손이 부족하여 한두 분의 품을 사야 했습니다. 마당 한쪽에 호롱기라는 탈곡기를 놓고 왼쪽에는 나무 절구통을 놓고 그 위에 대문을 한 짝 떼다 평평하게 균형을 맞춰 놓습니다. 왼쪽 대문짝 위에서 볏단을 풀어 손에 쥐기 좋을 만큼씩 볏단을 분리해 놓으면 호롱기 앞에 선 분이 왼발로 땅을 딛고 오른발로 호롱기를 돌려가며 분리해 놓은 볏단을 호롱기에 대고 탈곡을 한 후 오른쪽으로 짚을 던지면 오른쪽에선 탈곡이 끝난 짚을 묶어 멀리 던져 놓아야 합니다. 이 복잡하고 어려운 작업이 끝나면 풍선기(風扇機)로 꺼럭과 쭉정이와 이물질을 걸러낸 후 벼를 뒤주에다 옮겨 놓지요. 또 탈곡이 끝난 볏단을 비가 안 맞도록 짚누리로 쌓아 놓아야 1년간 소먹이로 활용할 수가 있습니다. 여기까지 일이 끝나면 이제 농촌에선 한 시름 놓을 수 있지요.

이제 벼를 쌀로 만들어야 밥을 먹을 수 있지요. 옛날에는 절구 등을 사용했겠지만 어렸을 때는 읍내 방앗간으로 가서 방아를 찧어 왔습니다. 우선 뒤주에서 벼를 가마니나 자루에 담은 후 지게로 지고 언덕을 내려가 아리랑 고개까지 700~800미터 옮겨야 합니다. 볏가마를 다 옮기면 마차를 가진 분에게 품삯을 주고 읍내 방앗간으로 옮겨 방아를 찧은 다음에 다시 쌀과 겨, 왕겨를 마차에 실고 아리랑 고개까지 돌아옵니다. 그러면 다시 지게로 집까지 옮겨야 하지요.

쌀을 집에다 쌓아 놓았더라도 아직 밥을 먹기까지는 몇 단계를 더 거쳐야 합니다. 방에 밥상을 펴고 쌀에 돌이 섞여 있는지 안 찧어진 벼가 섞여 있는지 일일이 손으로 골라내는 작업을 해야 했지요. 그리고 산에 가서 밥지을 나무를 해 와야 하고요. 밥 지을 때 쌀을 조리나 바가지로 일어서 최종적으로 한 번 더 돌을 걸러내는 작업을 합니다. 이제 가마솥에 쌀과 적당한 물을 부은 후에 불을 땝니다. 그런데 너무 세게 불을 때면 쌀이 타고, 불이 너무 약하면 밥이 안 되고 생쌀로 남게 되지요. 삼층밥이 안 되게 하려면 적당한 화력으로 불 조절을 잘한 후 밥이 부드럽게 퍼지도록 일정한 시간 뜸을 들여야 하지요. 여기까지의 과정을 거치면 드디어 쌀(밥)을 한 톨 먹을 수 있게 됩니다.

예전에는 쌀 한 톨, 아니 밥그릇 씻은 물도 함부로 버리지 않았습니다. 외할머니는 쌀 한 톨이라도 버리면 '지루 간다(죄로 간다. 죄가 된다)'고 말씀하셨는데, '천벌 받는다'는 의미였습니다. 어렵게 얻은 쌀 한 톨이었기에 소중하게 여겼으며, 밥을 먹은 식기는 반드시 개숫물 통에서 씻었고, 식기를 씻은 물은 구정물 통에 모아두었다가 쇠죽 끓일 때 넣거나 소나 염소에게 먹였습니다. 전통방식의 삶에서는 쌀 한 톨, 똥 한 덩어리, 식기 씻은 물도 허투루 버리지 않았기 때문에 오염이란 단어는 생겨날 수가 없었습니다.

추수가 다 끝나면 집에서는 시루떡을 했습니다. 쌀을 빻아다 시루에 쌀가루 한 번 펴고 팥고물 한 번 펴고 하는 식으로 시루떡을 안친 다음에 물 넣은 가마솥 위에 올리고 가마솥과 시루 사이를 반죽한 밀가루로 막은 후 불을 땝니다. 엄마가 때는 불을 굳이 우리가 땐다고 하고 동생들과 함께 떡이 익어가는 따뜻한 아궁이 앞에 앉아 있으면 구수한 시루떡 냄새가 풍기기 시작합니다. 그런데 시루떡이 쉽게 익지 않습니다. 시루떡이 익기를 기다리는 동안 오줌보는 불어 가는데 오줌 마렵다는 말을 입 밖에 내지 않고 참습니다. 참다 참다 못 참고 변소에 갔다 오면 부엌 안에는 못 들어오고 추운 부엌문 밖에서 기다려야 했습니다. 변소에 갔다가 부엌으로 들어오면 부정 타서 시루떡이 안 익는다고 믿었기 때문입니다. 무슨 이유인지 시루떡을 꺼내보면 일부는 익고 일부는 안 익고 부슬부슬한 쌀가루로 남아 있는 경우가 있는데, 엄마는 부정 타서 그렇다고 믿었던가 봅니다.

떡이 다 익으면 김이 무럭무럭 나는 떡을 칼로 네모나게 자릅니다. 잘라서 여러 접시에 담은 후 사람이 먹기 전에 신들에게 드립니다. 한 접시는 우물에 가져다 놓고, 한 접시는 안방에 가져다 놓고, 윗방·대청·장독대·앞길 등 우리 생활과 밀접한 장소에 떡을 갖다 놓았습니다.

잠시 후 떡을 다시 수거해 접시 채로 이웃들에게 돌리지요. 떡을 만든 다음 날 떡과 막걸리와 찐밤 그리고 홍시 등을 준비해 일 년간 농사를 짓는데 도와준 분들을 모셔와 간단히 대접해 드립니다. 가실 때는 담배도 한 갑씩 드렸지요.

요즘은 농업도 기계화가 되어 예전에 여러 번 하던 것을 한 번에 할 수 있게 되었습니다. 두엄 대신 화학비료를 쓰고, 두 번 갈고 써레질하던 과정을 트랙터로 한 번에 해결하고 논매기는 제초제로 대신하지요. 벼를 벤 후 볏단을 묶고 말리고 논둑에 볏단을 세워 말린 후 볏단을 지게로 져다 마당에 놓고 탈곡하던 10여 일 이상 걸리던 과정을 요즘은 콤바인이 몇 시간이면 깔끔하게 해결합니다. 또한 어렵게 쌓던 짚누리 대신 기계로 간단하게 곤포사일리지로 만들어 들판에 하얀 마시멜로처럼 놓아두지요.

과거에 '농업은 천하의 사람들이 살아가는 큰 근본(農者天下之大本)'이라고 했고, '백성은 먹는 걸 하늘로 여긴다(民以食爲天)'고 했으며, 쌀 한 톨을 먹기 위해선 많은 수고를 들여야 했습니다. 그러나 이제는 슈퍼에만 가면 다 씻어 놓은 쌀이 있어, 사다가 우렁각시인 쿠쿠에 넣고 적당한 물을 넣은 후 스위치만 누르면 '칙칙칙칙' 하다 '쿠쿠' 하고 밥이 다 되었음을 알려줌

128

니다.

　이제 남아도는 쌀은 더 이상 소중한 것으로 대우받지 못하고, 쌀밥은 더 이상 귀중하지 않아 학생식당에서 보면 하얀 쌀밥을 한두 술 먹고 아무렇지도 않게 잔반통에다 툭툭 버리는 모습을 흔하게 봅니다. 시대가 이렇게 변했는데도 밥은 꼭 먹을 만큼만 푸고, 가지고 온 밥은 한 톨도 남기지 않고 깨끗이 먹는 것이 몸에 밴 50대 중반의 고지식한 사람이, 하얀 쌀밥을 아무렇지도 않게 버리는 이들에게 '밥을 먹을 만큼만 가져가자'고 말하면 뭐라고들 할까요? 꼰대라고 할까요. 이상한 사람이라고 할까요? 그래도 왠지 그런 말을 하고 싶어 입이 간지럽습니다.

그 묘목들 다 심었으면 지금쯤…
여기를 파봐, 물이 나올껴
얘들아, 오늘 원호네 가서 오곡밥 먹자
이 도로 전국 비포장 시범도로로 지정하시오!
아니 뭐여. 광복절에 산에 가서 풀을 베라고?
농협 탈퇴금이 고작 10만 원!

마을 이야기

그 묘목들 다
심었으면 지금쯤…

60년대 말 70년대 초, 심통골의 산에는 큰 나무가 없었습니다. 소나무들도 커봐야 어른 키 정도밖에 안 되었죠. 그래서 산에 있는 바위들이 잘 보였는데, 장군바위, 할매바위, 삼형제바위, 매바위 등 보이는 바위마다 이름이 있었습니다. 저녁이 되어 저 멀리 무치기 장군바위에서 '부우 엉'하고 굵은 소리가 들리면 선희네 뒷산에 있는 매바위 위에서 좀 가벼운 '부우 엉' 소리가 들리고, 다시 우리 뒷산에서 또 다른 음색으로 '부우 엉'하고 소리가 들리곤 했습니다.

나무가 없어 헐벗은 곳에 사방공사를 하여 습기가 부족하고 영양분이 부족한 곳에서도 잘 자라는 아카시아나무, 싸리나무 등을 심어 산사태는 막은 상태였지만, 숲을 이룰 나무는 없고 도토리나무 등 어린 잡목만 자라는 곳이 많았습니다.

해마다 식목일에 헐벗은 산에 대대적으로 조림사업이 시행되었습니다. 식목일이 되면 옥계리의 산림감수를 맡으셨던 개골의 응규 아버님이 심통골로 오셨습니다. 집집마다 한 사람씩 나와 응규 아버님의 지시에 따라 나무를 심어야 하는데, 농촌에서 한창 바쁜 때라 어른들은 안 나오시고 조무래기 아이들만 삽과 괭이를 가지고 산으로 모였습니다.

"애들아, 여기, 여기, 여기, 나무 없는 곳에 한 줄로 맞춰서 구덩이 하나씩 파라."

"예."

우리들은 응규 아버님의 지시에 따라 구덩이를 파고 그곳에 어린 리기다 소나무 묘목을 심었습니다. 조무래기 아이들이었지만 다들 칡뿌리 캐던 실력이 있어서 어린 나무를 심을 만큼의 구덩이는 쉽게 팠죠. 한참 하다 보니 목이 말라 옵니다. 요즘 같으면 생수병 하나씩 들고 모였을 테지만 예전에는 물병도 없었고 아무것도 준비되지 않은 상태로 산에서 작업을 했죠.

모두들 목이 마른 상태가 되었을 때 응규 아버님이 말씀하셨습니다.

"애들아, 여기다 구덩이 하나 파라."

"예."

"그렇게 조그만 구덩이 말고, 큰 구덩이 하나 파자."

"예?"

"그래 그 정도면 됐다. 저기, 저기 있는 묘목들 다 가지고 와서 구덩이에 넣어라."

"예? 아, 예."

"다 넣었으면 묻어라."

"……."

"다 묻었니? 오늘 고생들 많았다. 목마를 텐데 집에 가서 물 마시고 부모님 일 도와드려라."

"예에!"

그날 저녁에

"식목일을 맞아 오늘 전국적으로 100만 그루의 나무를 심었습니다."

하고 첫 번째 뉴스로 식목일 소식이 나왔습니다. 그 뉴스를 들으면서 속으로 생각했죠.

'에이, 100만 그루? 한 10만 그루 정도 심어졌겠지.'

그때 마지못해 억지로 심었던 나무들이 지금은 쭉쭉 뻗은 아름드리로 자라, 예전에는 산 위에 우뚝 솟아 보였던 장군바위, 할매바위, 삼형제바위, 매바위 등이 울창한 숲속에 초라한 모습으로 묻혀 버렸습니다.

여기를 파봐,
물이 나올껴

    집에는 샘이 두 개 있었습니다. 하나는 대문을 나가서 오른쪽으로 돌아 위쪽으로 10미터 쯤 되는 곳에 있는 식수로 사용하는 샘으로, 깊이는 그리 깊지 않고 수량도 많지 않아 양동이를 들고 가서 바가지로 샘물을 떠담았습니다. 여기서 흘러내리는 물이 장미꽃과 백합꽃과 수국과 무궁화가 자라는 마당가를 흘러서 또 다른 우물로 흘러듭니다. 이 우물에서도 물이 솟는데 밭에 물을 줄 때도 쓰고 집안 허드렛일에도 사용했지요. 또 하나의 용도는 엄마가 잡아오지 말라고 해도 시도 때도 없이 잡아오는 물고기를 방류하는 곳입니다. 매번 잡아다 방류하는데 항상 몇 마리밖에 안 보여 물고기가 어디로 가는지 의문이었습니다. 여기에서 흘러내린 물은 밭 가운데로 난 작은 수로를 지나 밤나무 동산으로 흘러들어 사라지는데, 밤나무 아래에는 자연스레 미나리꽝이 조성되었습니다.

135

일기가 고르면 이 물의 흐름은 순탄한데, 비가 오랫동안 안 내리면 샘이 말라 양동이를 들고 언덕을 내려가 원호형네 논의 방죽 물을 길어다 사용해야 했습니다. 이 방죽은 수량도 많고 한겨울에도 김이 나며 절대 얼지 않았습니다. 식수뿐만 아니라 일용할 모든 물을 이 방죽에서 양동이로 길어다 사용하는 것은 보통 고역이 아닌데, 특히 추운 겨울에는 더더욱 힘이 들었습니다.

5학년 때인가, 그해 겨울에도 가물어 샘물이 말라버렸습니다. 그래서 가뭄에도 마르지 않는 샘을 파기로 했습니다. 집터라든가 묏자리 등을 잘 잡으시는 개골의 응규 아버님을 모시고 와서 우물 자리를 찾았습니다. 이곳저곳을 둘러보시던 응규 아버님은 마당 한편에 있는 외양간 자리를 지목하셨습니다.

"여기를 파게."

"예? 여기는 외양간인디유."

"여기를 파 봐. 물이 나올 꺼."

아버지는 젊고 힘이 세신 아리랑 고개의 향옥이 아버님을 모셔다 우물을 파기 시작했습니다. 우선 어둡기 때문에 외양간 지붕을 뜯어내고 바닥에 2미터 정도의 원을 그린 후 파 들어가기 시작했습니다. 우물이 깊어짐에 따라 우물 안에서 흙을 파서 두레박에 넣으면 우물 밖에서 줄을 잡아당겨 흙을 버리는 일을 계속 반복했습니다.

일주일쯤 되어 10여 미터를 파내려간 어느 날, 바닥에서 돌 부딪치는 소리가 나며 곡괭이가 더 이상 들어가지 않았습니다. 돌을 빼내려고 주변을 파보니 돌이 아닌 암반이었습니다. 더 이상 파내려갈 수가 없어 샘 파기는 멈추어졌습니다. 다음날 샘 자리를 잡았던 응규 아버님을 모시고 왔습니다. 상황을 파악한 응규 아버님은,

"계속 파게."

"예?"

"계속 파면 물이 나올 거네."

글쎄, 계속 파면 나올까? 모두들 반신반의해서 우물 파기는 잠시 멈추어졌습니다.

며칠 후에 계속 파기로 하고 정과 망치를 준비했습니다. 암반에 정을 대고 바위를 조금씩 떼어내기 시작했습니다. 샘 파기는 아주 더디게 진척되었습니다. 다들 정으로 바위를 떼어내면서도 확신은 없었습니다. 처음부터 지금은 말라버렸지만 원래 샘이 있던 자리를 파면 어땠을까 하는 생각도 했고요. 그렇게 바위를 1미터쯤 쪼아낸 어느 날, 정을 내리치던 향옥이 아버님이 큰 소리로 외쳤습니다.

"물이다. 물!"

"예? 물?"

갑자기 바위틈에서 물이 솟구치기 시작하였습니다. 그것도 맑고 따뜻한 물이.

이제 우물 파기는 성공했습니다. 시내에 가서 쇠파이프와 펌프를 사다 펌프시설을 만들었습니다. 우물 바닥의 암반을 1미터쯤 팠기 때문에 바닥에 1미터의 깨끗한 물을 모아 놓는 시설이 만들어졌습니다. 그곳에 쇠파이

프를 세우고 큰 돌을 듬성듬성 채운 후 작은 돌을 이용하여 1미터 높이의 물 저장 시설을 만든 후에 흙을 덮었습니다. 다 메운 후에 위로 드러난 쇠파이프에 펌프시설을 고정시켜 우물 파기를 마무리 지었습니다.

펌프로 흙탕물이 없어질 때까지 물을 품어낸 후 우물물로 사용했는데, 겨울에는 따뜻하고 여름에는 시원하며, 아무리 사용해도 마르지 않고 물맛도 일품인 심통골 최고의 샘을 갖게 되었지요. 동네 사람들은 물맛과 성질이 원호형네 방죽 물과 똑같다고 했는데, 내 생각도 같았습니다.

아직도 의문입니다. 응규 아버님은 진짜 그곳에 물이 있을 걸 알고 파라고 했는지.

가물 때 떠다 먹던 원호형네 방죽 자리에 지금은 덕산면민들이 식수로 사용하는 수도시설이 들어서 있습니다.

애들아, 오늘 원호네 가서
오곡밥 먹자

　　대략 국민학교 시기를 갱 에이지(gang age)라고 합니다. 이때는 동성들끼리 모여 어른들이 모르는 '우리들만의 세계'를 꿈꾸지요. 이때는 끼리끼리 모여 더러 과일 서리 같은 것도 하고, 자기들만의 일탈을 꿈꾸기도 하는데 가장 재미난 놀이는 두 편으로 갈라서 하는 총싸움(전쟁놀이)일 겁니다.

　　우리는 준기형이 조성한 목초지에서 놀곤 했는데, 전쟁놀이를 할 때는 역할을 분담해야 합니다. 대장, 졸병 하는 식으로. 집에서는 귀한 존재일지라도 놀이에서 졸병 역을 맡게 되면 그 역할에 충실해야 하지요. 대장에게 존댓말도 써야 하고요. 역할분담을 하다 더러 선배에게 꿀밤을 맞기도 하고, 친구와 말다툼하다 치고받기도 하고, 놀다가 다치기도 하지만 집에 와서는 티를 내지 않았지요. 이런 놀이를 통하여 사회에서의 역할도 배우고 의젓함도 배우기 때문에 아이들에게 갱 에이지는 무척 중요하다고 합니다.

그런데 요즘은 이 시기를 학원에서 보내고, 여럿이 함께하는 놀이가 아닌 혼자 스마트폰으로 하는 놀이를 즐기기 때문에 친구의 잘못을 덮어주고, 자신의 손해를 감수하고, 참고 견딜 수 있는 인내심이 부족하다고 합니다.

국민학교 때 마을마다 비밀 기지가 한두 개씩 있었습니다. 사석리의 소란에도 있었고 개골의 선배들도 가지고 있었는데, 대게 땅굴 형태였습니다. 개골의 선배들은 월봉쪽 덕산저수지 가의 땅속에 만들었는데, 땅을 팔 때 벽에 책상 모양의 계단까지 만들었지요. 그곳에서 촛불을 켜고 같이 모여 공부를 하는 선배들을 보기도 했습니다.

우리도 몇 번 만들었는데 선희 할머니네 뒷산에 있는 오소리 굴 옆의 오리나무 숲에서 팔뚝만 한 오리나무를 휘어 몽고의 파오 같은 형태를 만든 적도 있고, 원호형네 집 뒤에 땅굴을 판 적도 있었습니다. 땅굴을 팔 때는 겨우 한 사람이 기어 들어갈 수 있을 만큼의 작은 입구로 파 들어가지만 속에는 대여섯 명이 들어앉을 만큼의 공간을 확보했습니다. 안에는 폭신하게 볏짚을 깔고요. 모일 때마다 그 안에 들어가면서 '우리'라는 느낌을 갖고 뭔가 뿌듯한 느낌을 공유했었지요. 그런데 초대도 받지 않고 그 공간에 무단으로 침입하는 놈이 생겼는데, 원호형네 닭들이었습니다. 닭들은 그곳으로 들어가 계란을 낳고는 했지요.

심통골 아이들에게 매년 음력 1월 15일인 대보름은 많이 기다려지는 날이었습니다. 이날 다양한 놀이를 즐기는데, 대보름날 하는 놀이의 백미는 뭐니 뭐니 해도 쥐불놀이였습니다. 쥐불놀이를 위해서는 깡통을 준비해야 하는데, 통조림통만 한 깡통을 준비하여 못으로 구멍을 뚫은 후 굵은 철사로 손잡이를 만듭니다. 깡통이 너무 작으면 광솔 넣기에 불편하고, 깡통이 너무 크면 연료가 너무 많이 들고 돌리기 어렵습니다. 깡통을 준비한 후에 깡통에 넣을 연료인 광솔(관솔)을 준비하지요. 광솔은 소나무 줄기에서 가지를 쳐낼 때, 다 쳐내지 않고 줄기에 남아있는 가지의 밑동입니다. 이 가지는 송진을 가득 품고 말랐기 때문에 화력이 좋은데, 톱으로 베거나 도끼로 쳐서 잘라냅니다.

대보름날 밤이 되면 구멍 뚫린 깡통에 불씨와 광솔을 넣고 힘차게 빙글빙글 돌리면 불이 '확확' 살아나 도넛 모양의 둥그런 불기둥이 여기저기서 생겨납니다. 마을 개구쟁이들은 쥐불놀이 깡통을 돌려가며 마른풀이 많은 논둑 이곳저곳에 불을 붙이는데, 바싹 마른풀들은 '타닥타닥' 소리를 내며 활활 잘도 타오릅니다. 불이 활활 붙은 깡통을 하늘로 힘껏 던지면 로켓처럼 멋지게 하늘로 올라가지요. 물론 땅에 떨어지면 엉망이 되어 다시 깡통에 불을 붙여야 하지만요. 오직 하루, 마음껏 허가된 불놀이였습니다.

한참 놀다 보면 배에서 꼬르륵 소리가 들립니다. 비밀 아지트에 가져다 놓은 먹거리를 먹기도 하지만 오곡밥 서리가 더 재미있지요. 한 번은 아리랑 고개의 종수 선배네 부엌으로 잠입하여 가마솥 뚜껑을 가만히 열고 큰 양재기에 들어 있던 오곡밥을 통째로 들고 나왔습니다. 쥐불놀이하던 곳으로 가져와 다 같이 맛있게 먹었지요. 그릇을 가져다 놓으러 갔다가 장난기가 발동하여, 안방 문 앞 마루 가운데에 빈 그릇을 놓고 그 주변에 밥풀을 흩어 놓고 왔지요. 다음날 종수 선배 어머님과 종수 선배 아버님은 종수 선배 할머니에게 꾸중을 들으셨습니다.

"니덜은 잠귀가 그리도 어두우냐? 애들이 마루에서 밥을 먹고 갔는데도 못 들었다네."

한 번은 쥐불놀이를 한참 하여 배가 출출할 때인데, 목장을 하려고 산을 개간하던 준기형이 왔습니다.

"애들아, 오늘 원호네 가서 오곡밥 먹자. 원호야, 가도 되지?"

"예? 아, 예!"

무치기의 원호형네 집에는 20살 전후의 한창 예쁜 춘자 누나가 있었습니다. 예고도 없이 예닐곱 명이서 우르르 몰려갔는데도 원호형 부모님은 우리를 반갑게 맞이해 주셨고 푸짐한 오곡밥상을 차려 주셨습니다. 우리는 배부르게 먹고 두 편으로 갈라 윷놀이를 시작했습니다.

"모 나와라, 윷도 괜찮고!"

"어, 개네."

"야야야야, 잘 됐어. 개 잡고 한 번 더 혀."

가장 목소리가 큰 것은 준기형이었고, 가장 웃음이 명랑한 것은 춘자 누나였습니다.

간간이 간식을 먹어가며 날 새는 줄 모르고 웃고 떠들었지요. 오줌이 마려워 밖에 나오면 '졸졸졸' 계곡물 흘러가는 소리가 들렸고, 계곡 옆 다랑가지 논에서 '호르르륵, 호르르륵' 경칩 개구리 소리가 들렸지요. 정월 대보름에 잠을 자면 눈썹이 하얗게 변한다는 말을 핑계 삼아 그날 밤 우리는 밤을 꼬박 새웠습니다.

그런데 원호형 어머니는 윷놀이를 하시지도 않고 꾸벅꾸벅 졸면서도 우리 옆에서 밤을 꼬박 새셨지요. 물론 다음 날 아침에는 따뜻한 아침상까지 차려주시고.

"저 무치기 양반덜은 복 받을 껴. 사람들이 찾아가면 아무리 바쁜 일이 있어도 허던 일을 멈추고 꼭 같이 애기 혀. 항상 더 있다 가라고 잡구."

엄마가 늘 하시던 말씀입니다.

이 도로 전국 비포장
시범도로로 지정하시오!

남북 대치 상황이 심했던 예전, 국민학교 시절엔 반공과 관계된 행사가
참 많았습니다. 반공 글짓기, 반공 웅변대회, 용감한 아이들이 새총으로 간
첩을 때려잡는 내용의 '돌아온 아저씨'와 같은 반공 영화 관람은 해마다 한
두 번씩 있었던 것 같습니다. '원수의 총칼 앞에 피를 흘리며, 마지막 주고
간 말 공산당은 싫어요.' 음악 시간엔 숙연한 마음으로 반공 소년 이승복의
노래를 부르곤 했지요.

당시는 박정희 대통령이 군인 출신이라 그런지 군인에게 특혜를 주는 사
회였던 것 같습니다. 육군사관학교만 졸업하면 최소한 군수는 될 수 있다
는 말이 있었고, 육군사관학교의 인기는 대단했지요. 2년 후배인 사촌 동생
이 육군사관학교에 합격했을 때 군수와 지방 유지들이 축하 인사를 왔었다
는 얘기를 들은 적이 있습니다.

무공을 세운 사람들을 숭상하는 중심에는 충무공 이순신 장군과 매헌 윤봉길 의사가 있었습니다. 음악 시간에 배웠던 충무공 이순신 장군의 노래, '보라, 우리 눈앞에 나타나는 그의 모습. 거북선 거느리고, 호령하는 그의 위풍'과 윤봉길 의사의 노래, '왜적에 짓밟히어, 이 강산 어지럽고, 우국의 한숨으로, 동아가 덮였을 때'가 아직도 기억에 생생합니다.

이순신 장군은 임진왜란 때 우리나라를 구했고, 윤봉길 의사는 세계가 한반도를 일본의 소유로 완전히 인정했을 때 상해 의거로 우리나라의 해방을 이끈 중요한 인물이지요. 그런데 많은 사람들이 이순신 장군의 업적에 대해서는 잘 알지만 윤봉길 의사에 대해서는 잘 모르는 것 같습니다.

윤봉길 의사는 1908년에 충남 예산 덕산에서 태어나 농촌 계몽운동을 하다가 큰 뜻을 품고 1926년 중국 청도로 망명한 후 다시 1932년 3월 김구 선생이 주도하는 상해 임시정부의 한인애국단에 가입합니다. 윤봉길 의사는 김구 선생과 모의하여 1932년 4월 29일 일본 천왕의 생일인 천장절에 중국을 침략했던 일본의 핵심인사들이 모여 상해사변의 전승기념식을 하는 홍구공원에 들어가 폭탄을 던져, 상해 거류민단장 가와바따와 일본의 상해 파견군 사령관 시라까와 대장 등을 살해하고 제3함대 사령관 노무다 중장, 우에다 중장, 주중공사 시게미쓰 등에게 부상을 입혔습니다. 윤봉길 의사는 거사 직후 현장에서 체포되어 오사카로 이송, 군법회의에서 사형을 언도받고 순국했습니다.

윤봉길 의사의 홍구공원 의거는 누구를 몇 명 제거했느냐보다는 그 시기의 적절성에 있었습니다. 2차 대전 당시 미국 육군 장관 윌리엄 하워드 테프트와 일본 제국 내각총리대신 가쓰라 다로 사이에 맺어졌던 가쓰라－테프트 밀약(미국은 일본이 조선을 식민지로 삼는 것을 인정하고, 일본은 미국이 필리핀을 식민지로 삼는 것을 문제 삼지 않는다는 내용)에 의해 한반도는 사실상 일본의 식민지로, 열강들 사이에, 묵인된 상태였습니다.

또한 일본의 한반도 강점으로 우리 독립군들은 우리나라를 떠나 중국 땅에서 활동할 수밖에 없었는데, 1931년 7월에 만주 길림성에서 터진 한국 농민과 중국 농민의 토지 개간 다툼을 일본 언론이 과장 보도한 만보산 사건萬寶山 事件으로 조선인들과 중국인들 간의 적대감정을 북돋웠습니다. 그 결과 조선에서는 한반도 내에 있던 중국인들을 박해하게 되었는데, 이 일을 계기로 중국인들의 조선인에 대한 감정이 극도로 악화되어 중국 내에서 독립군들의 활동이 위축되어 있었습니다. 임시정부의 요인들마저도 길거리에 나가면 중국인들에게 돌멩이 세례를 받기 일쑤였고 먹을 것이 없어 굶기를 밥 먹듯이 했다고 합니다. 김구 선생과 윤봉길 의사는 조선의 독립을 위해서는 조선인들이 죽지 않았음을 만방에 떨칠 계기가 필요하다고 생각하여 홍구공원 의거를 계획하게 되었습니다.

이때 중국은 1931년 9월에 터진 만주사변에 패배했고, 1932년 1월 상해사변의 패배로 자존심이 구겨질 대로 구겨진 상태였습니다. 이러한 때에 홍구공원 의거가 일어났는데, 처음에 중국인들은 홍구공원 의거를 중국인들이 일으킨 것으로 알고 '중국인들의 기개가 아직 살아 있다'며 환호했다 합니다. 그런데 하루 만에 그 '위대한 사건'이 중국인이 아닌 조선인이 일으킨 사건임이 밝혀집니다. 이 소식을 접한 당시 중국의 장제스(蔣介石) 주석은 "4억 중국인들이 해내지 못하는 위대한 일을 조선인 한 사람이 해냈다"
고 격찬하였습니다.

이 사건을 계기로 우리나라 독립운동은 새로운 계기를 맞게 됩니다. 우
리에게 적대적이었던 중국인들이 우리를 동지로 생각하게 되어, 상해 임시
정부의 살림을 책임지고 있던 김구 선생의 어머니가 빈 바구니를 들고 시
장을 한 바퀴 돌면, 중국인들이 한국인임을 알아보고 바구니에 먹을 것을
가득가득 채워주었다고 합니다. 또한 장제스 주석은 당시 프랑스 조계에
있던 우리 임시정부가 위태로워질 것을 염려하여 중국 정부가 있던 중경으
로 옮기게 하였고 우리의 독립운동을 적극적으로 지원하게 되었으며, 반드
시 홍구공원 의거에 대한 은혜를 갚겠다는 다짐을 했습니다.

일본이 서서히 패망해 가던 1943년에 2차 세계대전 후의 세계 판도를 결
정할 회담이 이집트의 수도 카이로에서 열렸습니다. 이 회담에는 미국의
루스벨트, 영국의 처칠, 중국의 장제스가 모였는데 루스벨트와 처칠은 일
본이 패망해도 가쓰라−테프트 밀약에 의거하여 한반도는 일본 영토로 귀
속시킬 생각이었는데 장제스는 끝까지 조선의 독립을 주장하여 결국은 조
선의 독립을 보장받게 되었습니다.

충무공 이순신 장군의 탄신일은 4월 28일이고, 윤봉길 의사의 거사일은
4월 29일입니다. 4월 말이 되면 덕산면민들은 아주 바빠졌습니다. 매년 박
정희 대통령이 4월 28일에 아산 현충사에서 이순신 장군 탄신 기념행사에
참석한 후, 차로 이동하여 예산군 덕산면 시량리에 있는 윤봉길 의사 사당
인 충의사로 와서 윤봉길 의사 추모 행사에 참석했기 때문이죠.

당시 삽교에서 덕산을 거쳐 충의사로 가는 길은 비포장도로였기 때문에 차가 다니는 길은 움푹움푹 패인 곳이 많았고 상태가 안 좋았지요. 4월이 되면 덕산면민들은 도로를 닦는 비럭질에 총동원되었습니다. 삽교와 덕산의 경계부터 시작하여 충의사에 이르는 구간을 마을의 수만큼 적당히 나누어 각 마을이 한 구간씩 맡아 도로를 평탄하게 골라야 했습니다. 그때가 되면 아버지도 바지게를 얹은 지게를 지고 도로 작업을 하러 나가시곤 했지요.

70년대 후반으로 가면서 지방의 중요한 도로들이 아스팔트로 포장되기 시작했습니다. 그런데 박정희 대통령이 1년에 한 번씩 다니는 '중요한 길'이 포장이 안 되어 매년 덕산면민들을 고생시켰습니다. 그 이유를 나중에서야 알았는데, 아산에서 기념행사를 마치고 삽교를 거쳐 충의사로 가는 차 안에서 한 박정희 대통령의 한 마디 말씀 때문이었습니다.

"아니, 비포장도로를 이렇게 훌륭하게 관리할 수도 있는 거요? 이 도로 이거, 전국 비포장 시범도로로 지정하시오!"

아니 뭐여. 광복절에
산에 가서 풀을 베라고?

장맛비 내리자

물가에 서 있는

물새의 다리가 짧아지네

– 바쇼의 하이쿠

1년 중 가장 바쁜 철이 모내기철인데, 모내기가 끝난 후 논에 물이 그득하면 모든 심통골 사람들의 마음이 넉넉해지지요. 그런데 가뭄이 들어 논이 쩍쩍 갈라지고 벼 잎이 돌돌 말리면, 심통골 사람들의 마음도 바짝바짝 타들어 갑니다. 그러다 시커먼 먹구름이 몰려와 이틀쯤 죽죽 비가 쏟아지면 목마름으로 배배 꼬였던 산과 들의 모든 생물들이 물을 흠뻑 빨아들여 생기를 되찾게 됩니다.

모든 생물들의 목마름을 해결하고 푸석푸석하던 흙들도 흠뻑 물기를 빨아들이고도 남을 정도로 비가 내리면, 이곳저곳에서 생수가 터져 마른 골짜기에도 맑은 물이 쿌쿌 흘러내립니다. 심통골 모든 논엔 물이 가득 차고 더불어 심통골 사람들의 마음도 넉넉해지며 얼굴엔 웃음꽃이 피어납니다.

가뭄 뒤에 비 올 때 빗방울에 흔들리던 어린 콩잎의 모습과 물속으로 뽕뽕뽕뽕 떨어지던 빗물의 경쾌한 소리가 기억에 남아, 지금도 비만 오면 마음이 즐거워집니다. 비가 조금만 길게 오면 눅눅하고 꿉꿉하다고 제습기를 틀려 하고 불편해하는 분들을 종종 보지만, 비를 온몸으로 받아들일 나무들과 농작물들과 맑은 물이 쾈쾈 흐를 산골짜기를 생각하면 하늘에서 오시는 비는 언제나 반갑습니다.

논물이 그득그득해지고 급한 논농사가 끝나면 마을에선 반 놀이를 합니다. 반 놀이는 옥계리의 1반, 2반, 3반이 반끼리 모여 벌이는 한바탕 축제를 말합니다. 지금은 시골 마을 전체를 모아 봐도 노인들 몇 분밖에 없는 곳이 많지만, 그 당시는 사람이 너무 많아 반별로 나누어서 축제를 벌였던 것 같습니다. 그 당시 옥계리 2반 놀이 장소는 아리랑 고개에 있는 태봉산이었습니다. 태봉산이 지금은 헌종 대왕 태실이란 것이 밝혀져 원형을 복원하려는 작업이 활발하게 펼쳐지고 있지만, 그 당시는 마을 사람들이 같이 모여 노는 놀이터였습니다. 마을에서 공동으로 각종 음식과 막걸리를 준비하고, 마을 사람들이 모두 모여 태봉산 꼭대기에서 하루 휴식을 즐겼습니다. 이때 신명이 좋은 분들이 꽹과리, 징, 북, 장고로 흥을 돋웠지요.

덕산 면민이 다 모여 잔치를 벌이는 일이 1년에 두 번 있었는데, 그중 한 번은 덕산국민학교 가을 운동회였습니다. 물론 학생들의 운동회였지만 할아버지도 아저씨도 아줌마도, 미취학한 아이들도 부모님과 함께 점심을 싸가지고 와서 운동장 가 나무 그늘에서 맛있는 점심을 먹어 가며 운동장에서 펼쳐지는 재롱과 경기를 즐겼지요. 그러다 막간을 이용하여 동네 대항 달리기 등으로 흥을 돋우기도 했고요. 단순히 학생들만의 운동회가 아닌 면민이 모두 모여 즐기는 종합예술잔치였는데, 발 디딜 틈이 없을 정도로 많은 사람들로 북적였습니다.

부락 대항 면민체육대회는 광복절인 8월 15일에 덕산국민학교에서 열렸습니다. 8월이 되면 저 멀리 사석리에서, 하평리에서, 읍내리에서 울려대는 풍물소리가 바람결에 심통골 산등성이까지 실려 옵니다. 각 마을에서 광복절에 열리는 부락 대항 체육대회 때 울리며 놀 풍물 가락을 맞춰보는 거지요.

광복절이 되면 각 마을에서 소달구지에 솥단지와 음식 재료와 풍물 도구들을 싣고 덕산국민학교로 모입니다. 운동회 때는 막간을 이용해 마을 대항 달리기 정도로 흥을 돋웠다면, 이때는 본격적인 마을 대항 체육대회가 열리는 겁니다. 마을마다 운동장 가에 포장을 치고 솥단지를 걸고 막걸리 통을 갖추고 축제 준비를 하지요.

막걸리 잔이 돌아가며 축제는 시작되고 사회자의 지시에 따라 동네에서 가장 빠른 청년이 달리기 경주에 참여하고, 가장 힘센 청년은 씨름에 참여하고, 동네 사람들이 다 같이 줄다리기에도 참여하였습니다. 이기면 이겼으니 막걸리 한잔, 졌으면 졌다고 안타까워 막걸리 한잔, 모두 흥겹게 막걸리 잔을 주고받는 사이에 축제는 점점 더 무르익었습니다.

체육대회가 끝날 때쯤이면 모두 거나하게 취하고, 신명이 오른 사람들이 자연히 북, 징, 꽹과리, 장고를 들고 풍물놀이를 시작하지요. 종합점수에 의해 시상이 끝나면 풍물을 앞세우고 각자 마을로 돌아가는데, 그야말로 온 동네가 축제 분위기가 됩니다.

국민학교를 나선 옥계리 풍물패의 뒤로 잔치에 쓰였던 도구를 실은 소달구지가 따르고, 술에 취하고 흥에 취한 사람들이 덩실덩실 춤을 추며 읍내를 지나 월봉을 지나고 아리랑 고개마저 넘어서고 마지막엔 개골마을회관에 모여 밤늦도록 여흥을 즐깁니다.

2018년 우리나라 식량 자급도는 47%이고, 그중 곡물 자급도는 23%라고 합니다. 이렇게 낮은데도 큰 걱정 없이 사는 것은 반도체, 자동차 등 공업제품을 팔아, 미국산 밀과 소고기 등을 수입해 먹기 때문이지요.

달러가 부족해 외국에서 식품을 수입할 여력이 없던 70년대는 최대의 과제가 식량 자급이었습니다. 식량 자급을 이루기 위해 끊임없이 통일벼 계통의 다수확 품종 개발에 힘썼고, 쌀과 보리를 섞어 먹는 혼식(混食)과 밀가루 제품으로 식사를 대신하는 분식(粉食)을 장려했으며, 부족한 화학비료를 대신하기 위해 퇴비 증산에 박차를 가했습니다.

78년으로 기억되는데, 그해도 퇴비 생산을 독려하는 방송이 많이 나왔습니다. 처음에는 '뭐 해마다 하는 일이니까'라고 생각했었는데, 정부는 그해 식량 증산을 위해 8월 15일을 전 국민이 퇴비를 생산하는 날로 정했으니, 모든 국민들은 퇴비생산을 위해 힘써 주길 바란다는 논조로 뉴스가 계속 나왔습니다.

"아니 뭐여. 광복절에 산에 가서 풀을 베라고?"

"에이 설마. 아, 해방된 뒤로 계속 면민 잔치를 벌여왔는데 그걸 못하게 하겠어?"

그러나 8월 15일에 심통골 사람들은 반장님의 독려 하에 산에 가서 퇴비 만들 풀을 베어야 했습니다. 풍물 도구는 창고에서 나오지 못하고 덕산국 민학교는 동네 아이들만 뛰어놀았을 겁니다. 그다음 해 8월 15일도 심통골 사람들은 퇴비생산을 위해 산에서 풀을 베고 있었지요.

79년 10월 27일, 그날 우리 집 다섯 식구는 고구마밭에서 고구마를 캐고 있었습니다. 아침 일찍 윗방에 밀대 방석으로 고구마 동가리를 만들고, 고구마 줄기를 걷어서 겨울에 소여물에 섞어주기 위해 밭 가에 널어놓고 고구마를 캐기 시작했습니다.

"와. 이것 좀 봐. 한 줄기에 이렇게 많이 달렸네."

"이건 꼭 소불알처럼 생겼는데."

"하하하하."

지루함을 달래기 위해 아버지는 라디오를 밭에 가져다 틀었습니다. 그런데 방송에서 어젯밤 박정희 대통령이 서거하셨다는 방송이 나왔습니다. 일순간 우리 식구들의 행동이 멈추었습니다.

"아이고, 그 카랑카랑하던 목소리를 이젠 들을 수 없게 됐네."

아버지가 눈물을 글썽이면서 말씀하셨습니다.

그 말을 들은 나도 눈물이 핑 돌며, '오늘 밤 북한이 쳐들어오는 건 아닐까?'하는 생각이 밀려왔고, 그날 밤 잠을 자면서도 불안한 마음이 들었습니다.

우리 심통골 사람들이 평안한 하루하루를 보냈던 78년과 79년쯤, 전국 각지에서 유신을 반대하는 목소리가 터졌고, 시국은 상당히 불안했던 것 같습니다. 심지어는 광복절에 사람들이 모이는 것을 막아야 할 정도로 말입니다.

이 이후로 광복절에 열리던 면민체육대회는 자연히 없어지게 됐고, 마을 사람들의 신명을 돋워주던 풍물 소리도 마을에서 사라졌습니다. 그 후로 정부의 통제 때문에 그랬는지 모르지만 사람들이 모이는 일도 사라졌고 풍물을 울릴 일도 없어졌습니다. 아니 언제부턴가 풍물 치는 것을 꺼리는 분위기까지 생겨났습니다.

농협 탈퇴금이
고작 10만 원?

70년대 심통골에서도 당시 전국적인 관행이었던 장례 쌀을 놓거나 장례 쌀을 얻어 쓰는 일이 있었습니다. 장례 쌀은 표준어로는 '장리(長利) 쌀'인데, 식량이 부족하거나 급히 돈이 필요한 집에서 봄에 쌀 한 가마를 빌려 가면 추수 후 가을에 쌀 두 가마로 갚는 것을 말했지요. 연이율이 100%도 넘었습니다.

70년대 한국 신탁은행의 포스터가 있는데 이율이 연 25.5%라고 나와 있습니다. 내용을 보면,

"귀여운 자녀의 출생기념으로 10,000원을 신탁하면?

만 7세 때(국민학교 입학) 53,000원

만 13세 때(중학교 입학) 219,000원

만 16세 때(고등학교 입학) 446,000원

만 19세 때(대학교 입학) 909,000원

만 25세 때(결혼 때) 3,775,000원"

이라고 나와 있습니다.

저축 이율이 25%나 되어 저축을 많이 할 것 같았지만 저축할 돈도 부족했을 것 같고, 당시 오일쇼크까지 겹치면서 물가상승률이 28%가 넘었기 때문에 저축하면 오히려 손해였죠. 그래서 정부에서는 학생저축 등을 통해 저축장려운동을 벌이곤 했습니다.

아버지는 덕산농협이 만들어질 때 출자금으로 쌀 네 가마를 내놓으셨다고 합니다. 출자금에 대한 배당으로는 보통 1년에 삽 한 자루와 고무신 한 켤레 정도를 받았습니다. 당시 사람들 사이에

"이번 농협장은 100만 원 떼 먹었댜."

"이번 농협장은 1,000만 원 떼 먹었댜."

하는 말이 자주 돌았습니다. 그럴 때마다 아버지는,

"지들은 거의 내지도 않았으면서 우리 같이 아무것도 모르는 사람들에게 출자금을 많이 내라고 헌 겨."

라고 하며 당시 출자금을 강요했던 사람들을 원망하시고는 했습니다.

해수 천식의 악화로 독한 약을 오래 복용하는 사이에 간경화가 왔고, 다시 간경화가 간암으로 악화되어 홍성 도립병원에 입원과 퇴원을 반복하시던 아버지가 1986년 2월에 돌아가셔서 얼마 안 되던 논을 팔아 병원비를 갚아야 했습니다. 논을 판 후 농사체가 없어 농협에 탈퇴 의사를 밝히자 필요한 서류를 안내해 주었습니다.

아버지가 힘든 일을 못 하시고 누워만 계실 때에도 동네 반장이나 이장님이 서류를 처리해 주기도 하고 집안일에 관심을 가져 주었지만, 막상 아버지가 돌아가시고 나니 아무도 우리 집 일에 관심을 가져주지 않았습니다.

엄마는 "아버지가 돌아가시고 나니 이제 우리가 이곳을 떠날 거라고들 생각하고 친척들도 이웃들도 쳐다보지도 않고 무시하는 것 같다." 하고 말씀하시며 서운한 마음을 털어놓으셨습니다.

이장님 댁으로 동사무소로 다니며 필요한 서류를 구비해서 농협으로 가면서 은근히 많은 기대를 했습니다. '쌀 네 가마를 20여 년 넘게 농협에 두었으니 얼마나 받을 수 있을까? 만약 쌀 네 가마를 저축했다면 20여 년이 지난 지금 얼마를 받을 수 있을까?'를 생각해 가며 농협에 도착하여 서류를 제출하니, 서류 검토를 끝내고 접수한 후에 직원이 돈을 내어주었습니다.

10만 원!

당시 쌀 한 가마의 값은 7만 원 정도였습니다.

엄마 마음의 근심을 없애는 명약
이 책들을 읽어볼 수 있으면 얼마나 좋을까?
연속극 안 틀린다. 이따 말하자
너 솔직히 얘기해. 숙제 베꼈지?
벌써 다 팔렸다구유?
아바! 그 시절 우리들의 노래
이 몸으로 군대에 갈 수 있을까?
저 고등학교에 안 갈 건데유

일상 이야기

엄마 마음의
근심을 없애는 명약

"아, 얼마 전에 어두컴컴 헐 때 학교산 밑에 있는 수로길을 따라 집으로 오넌디, 수로 아래 저리로 하얀 옷을 입은 여자가 가고 있더라고. 그러니라 허구 오다보니, 앞에 누가 걸어가고 있는 겨. 아무 생각 없이 쳐다보니 아까 저리로 걸어가던 그 여자가 바로 앞에서 걷고 있지 뭐여. 내가 빨리 걸어오고 있었넌디 원제 왔는지. 머리가 빳빳시 스데 그랴."

"아, 예전에 저 산모퉁이 방죽에 밤만 되면 파란 도깨비불이 놀었잔어유. 살금살금 가서 칵! 허구 소리 내면 아래로 싹 감추었다가 한참 있으면 또 하나둘 나타나고."

예전엔 도깨비나 귀신 얘기가 참 많았습니다. 심통골 사람들이 가장 꺼리는 곳은 심통골 할머니 댁을 지나 산굽이를 돌아 사석리 소란으로 가는 길이었습니다. 이 모퉁이 길의 위아래로는 온통 무덤이 있고, 길의 위쪽 깊

160

지 않은 골짜기에는 연고 없는 거지를 대충 파고 묻은 무덤도 있고, 그 길에서 미룰이라는 골짜기로 내려가려면 처녀의 무덤을 밟고 지나가야 했습니다. 예전에는 처녀가 죽으면 길에다 묻었다고 합니다.

아버지도 경험했고 다른 사람들도 경험했다고 하는데, 밤에 이곳을 지나가면 묘지 쪽에서 참깨를 막대기로 '톡톡톡톡' 터는 소리가 들린다고 합니다. 엄마는 이곳을 지나다 멍석을 막대기로 '탁 탁' 치는 소리를 듣고 소스라치게 놀란 적이 있었다고 합니다. 큰댁이 있는 사석리나 소란에 갔다 늦은 시간에 집으로 올 때는 온통 이곳을 지날 걱정뿐이었습니다. 이곳을 지나면 소란에서 심통골로 5분이면 올 수가 있지만 이곳을 우회하려면 사석리에서 큰길을 타고 구신모랭이가 있는 북문리 쪽으로 돌아 학교산을 지나 읍내리로 돌아와야 하는데, 이렇게 오려면 거의 한 시간은 족히 걸립니다.

사람의 집이 있는 곳은 묘를 쓰기도 좋은 명당이라 집 주변에는 묘가 많았습니다. 첫 번째 살던 집 뒤쪽에도 오래된 묘가 많았고, 두 번째 살던 집 뒤쪽에도 묘가 네댓 개 있었고, 밭가에는 커다란 말무덤도 있었습니다.

국민학교 1학년 때 아버지, 엄마와 함께 집 옆에 있는 묵정밭을 일궜습니다. 예전에는 밭이었던 곳인데 오랫동안 방치해 놔 쑥대가 덮여 있는 쑥대밭이었습니다. 그 묵정밭 위쪽에는 오래된 무덤 세 개가 흔적만 남아 있었습니다. 그런데 그날 밤 엄마가 꿈을 꾸셨습니다. 꿈속에서 밭을 일구는데 그 무덤 속에서 사람이 나와 엄마를 자꾸 밀어서 저 아래 밤나무 있는데까지 밀어냈다고 합니다. 다음 날 엄마는 성당에 다니는 개골의 영찬이 선배 어머님을 찾아갑니다. 영찬이 선배 어머님은 엄마를 성당으로 데리고 가고, 엄마는 성당에서 주기도문을 배우고 왔습니다.

그날 밤 엄마는 또다시 꿈을 꾸십니다. 말 무덤 너머에 있는 오이밭에 갔는데 거기에 깊은 우물이 있더랍니다. 그 우물 속이 궁금하여 들여다보는데, 갑자기 우물 속에서 염소 형상을 한 짐승이 나와 엄마의 옷자락을 잡아끌며 우물로 들어가려 했다고 합니다. 다급한 엄마가 그날 성당에서 배웠던 주기도문을 큰소리로 외우니 이 짐승이 땀을 흘리며 힘들어하다가 엄마를 놓아 주고 우물 속으로 사라졌다고 합니다.

이 일이 있은 후로 엄마는 아버지만 빼고 온 가족을 데리고 성당으로 가 영세를 받게 합니다. 엄마는 일요일만 되면 읍내에 있는 성당에 가셨는데, 내가 성당에 따라간다고 떼를 써도 "너는 나중에 커서 가라." 하시고는 혼자만 쌩하니 다녀오셨습니다.

빨리 갔다 와서 일을 해야 하는데, 아장아장 걷는 국민학교 1학년생을 데리고 갔다 오려면 시간이 많이 걸리기 때문이었습니다. 그러다 3학년 때쯤 되니 엄마가 성당에 데려갔습니다. 그런데 기도할 때 바닥에 무릎을 꿇고, 스스로를 죄인이라고 하니, 왠지 거부감이 느껴졌습니다. 성당의 분위기에 맞추려 여러 번 노력했지만 쉽지 않아, 그 뒤로 성당에 다니길 거부했습니다.

"예전에는 집안에 우환이 아주 많았어. 장독대에 가 보면 항아리가 기울어져 간장이 질질 새고 있어도 그 항아리를 못 만졌어. 간장 새는 항아리에 돌이라도 하나 괴면 영락 읍시 그날로 식구 중에 누군가가 아퍼. 저 사석리 민틀봉 아래 굿하시는 할머니한테 곡식 꽤나 퍼다 드렸는디 그때뿐이여.

그런데 성당에 다니고부턴 그런 일이 싹 읍써졌어. 일부러 장독대에 가서 돌도 괴보고 장독을 이리저리 옮겨놔도 아무렇지도 않고. 우리 집에 우환이 읍는 건 성당에 다니기 때문인디, 너는 왜 성당에 안 가려고 허는 겨."

엄마는 내가 성당에 나가지 않는 걸 매우 아쉬워하셨습니다. 엄마는 돌아가실 때까지 하루도 빼놓지 않고 아침저녁으로 주기도문을 외우셨습니다. 주기도문은 엄마에게 마음의 근심을 없애는 명약이었습니다.

이 책들을 읽어볼 수 있으면
얼마나 좋을까?

덕산 읍내에서 아리랑 고개와 옥계리 개골을 거쳐 상가리로는 전기가 들어왔지만 심통골은 전기가 들어오지 않았습니다. 네 살 때 엄마가 편물로 만든 옷을 팔아 마련한 돈에 쌀 짝이나 판 돈을 보태어 아버지가 라디오를 사 오셔서 세상 돌아가는 물정은 라디오를 통해 들었지만, TV는 아리랑 고개 윤복이 아저씨 집에 가야만 볼 수 있었습니다. 그래서 타잔이 방송되는 일요일에는 염치 불구하고 윤복이 아저씨네로 달려갔는데, 윤복이 아저씨네 안방은 제대로 씻지도 않고 후줄근한 심통골 아이들로 북적였지요.

"테레비(TV) 보다가도 밥 먹는 시간 되면 얼른 일어나서 집으로 와야 혀."

폐가 된다고 되도록 가지 못하게 하고 식사시간이 되면 냉큼 집으로 오라고 했지만 타잔이 밀림에서 줄을 타며 치타와 멋진 모험을 즐기고 있는

164

데 TV를 보다 말고 집에 가는 것은 쉽지 않았습니다. 식사시간이 되어도 돌아가지 않는 동네 개구쟁이들 때문에 많이 불편하셨을 텐데, 쫓아낸 적은 한 번도 없었습니다. 지금 와서 하는 얘기지만 윤복이 아저씨 부모님들 참 무던하셨습니다.

어느 날 윤복이 아저씨와 문환이와 문환이의 형인 석환이 형과 볏짚으로 밧줄을 꼬았습니다. 밧줄을 만든 후 윤복이 아저씨네 뒷산의 아카시아 나무에 밧줄을 매고 타잔처럼 '아 아아아아' 소리를 지르며 멋지게 줄을 탔지요. 줄을 탈 때마다 탄력이 좋은 아카시아 나무는 휘영청 휘영청 흔들리기까지 해 줄 타는 맛은 배가 되었습니다. 한 사람씩 돌아가며 신나게 줄타기를 즐겼는데 문환이가 줄타기에 취해 방심했습니다. 힘껏 줄을 타고 멋지게 앞으로 쭉 나갔다 돌아오다 그만 다리를 벌린 채로 아카시아 나무 기둥에 쿵 부딪히고 말았습니다. 고통을 참지 못한 문환이는 비명도 제대로 지르지 못하고 때굴때굴 구르고 있는데 우리는 옆에서 속으로 쿡쿡쿡쿡 웃느라 눈물이 쏙 빠졌지요.

종수 선배 동생 승수는 TV에서 나오는 만화영화에 폭 빠졌습니다. 특히 주인공이 모험을 즐기는 장면에 마음을 빼앗겼는데, 어느 날 우산을 가지고 지붕으로 올라가 우산을 펼친 후 멋지게 창공을 날아가길 바라며 '아 아아아' 소리를 지르며 힘껏 뛰어내렸습니다. 그러나 야속하게도 우산이 뒤집히며 '퍽'하고 마당에 떨어졌습니다. 승수는 오른쪽 다리가 똑 부러져 발바닥부터 허벅지까지 무거운 석회로 기부스를 하고 한참 고생을 했습니다. 요즘은 기술이 발달하여 가벼운 재질로 하고 풀었다 묶었다 할 수 있지만, 그때는 발바닥부터 허벅지까지 무거운 석회 재질로 통기부스를 한 후 한 달 정도 지나 뼈가 붙은 다음에 기부스를 깨고 풀 수 있었습니다. 한여름에 기부스를 했으니 속에서 땀이 나는데 환기는 안 되고, 당시에는 이가 많았는데 이라도 한 마리 들어가 물어대면 참을 수 없을 만큼 가려웠습니다. 막대기를 넣어 긁어보지만 가려움은 멈추지 않습니다. 화가 날 때로 난 승수는 헛간에 가서 육철낫을 가져다 가려운 부분을 내리쳤습니다. 끔찍한 상황이 벌어질 뻔했지만, 다행히 기부스의 두께가 두꺼워 낫의 날이 피부를 상하게 하진 못했습니다. 좀 우악스러운 행위로 절대 하면 안 되는 일이었지만, 얼마나 가려웠으면 그랬을까 심정적으론 이해가 갔습니다.

한참 호기심이 많던 나이에 가재를 잡고 새둥지를 뒤지고 방죽의 물을 품으면서 호기심을 채워 나갔지만 항상 신기한 세상 이야기에 굶주려 있었습니다. 도시에서는 다양한 책들을 접할 수 있었겠지만, 심통골에서는 동화책 한 권 접할 기회가 없었지요. 할아버지와 할머니는 철들기 전에 돌아가셔서 기억에 없고, 자주 집에 오셨던 외할머니나 아버지 엄마가 들려주고 또 들려주셨던 이야기가 어렸을 때 접할 수 있는 이야기의 전부였습니다.

옛날 네 증조할아버지가 사석리에서 서당 훈장을 허셨어. 그런데 증조할머니 고향인 부여 외산 지선리에서 아이들에게 한문을 가르칠 훈장이 읍다고 모셔 가셔서 거기서 사셨어. 외산에는 시장이 읍어서 시장을 보려면

성주산을 넘어 대천장을 봐야 혔어. 어느 날 동네 사람들이 모두 모여 대천
장에 갔댜. 예전에는 성주산에 호랑이가 살아 혼자는 못 다녔어. 대천장에
서 한 사람은 성냥 한 되를 사고, 어떤 사람은 조그만 항아리를 하나 사고,
어떤 사람은 양재기를 하나 사고 어떤 사람은 방망이를 사고, 여러 사람들
이 이것저것 사 가지고 오다가 성주산에서 날이 어둬졌댜. 마을 사람들이
상수리 재에 왔을 때 뒤에서 시퍼런 불빛이 따라오고 있더랴. 겁에 질린 마
을 사람들은 슬금슬금 뒤로 오면서 성냥 가진 사람은 성냥불을 켜서 던지
고, 양재기 가진 사람은 양재기를 뚜드리고, 항아리 가진 사람은 항아리를
뚜드리고, 방망이 가진 사람은 방망이를 뚜드리고 자기가 가진 것으로 호
랑이가 못 오게 허구 간신히 마을에 도착혔댜. 마을에 도착혀 보니 성냥은
하나도 안 남았고, 양재기는 다 찌그러졌고, 항아리는 손잽이만 남았고, 방
망이도 다 찌그러졌더랴.

　옛날 시골에 나무꾼 부부가 살고 있었댜. 어느 날 신랑이 산에 나무하러
간 시간에 각시는 냇가로 빨래하러 갔댜. 한참 빨래하고 있는디 위에서 된
장 한 덩어리가 떠내려오더랴. 각시는 이게 웬 횡재냐 하고 된장을 가져다
맛있게 된장국을 끓였댜. 신랑이 나무를 하고 내려오니 구수한 된장국이
있어 밥을 맛나게 잘 먹었단다.

　"웬 된장이랴?"

　"아까 빨래하러 갔는디 위에서 떠내려왔슈."

　"엥?"

"왜 그러슈?"

"그거, 내 내 내, 내 똥 인디. 내 똥 인디 내 똥, 내 똥 인디 내 똥!"

외할머니나 아버지 엄마가 들려 주시는 옛날이야기로는 성이 안 차서 신학기가 시작되면 받아오는 교과서 중 이야기가 실려 있는 국어와 도덕 교과서는 그날로 독파하곤 했습니다.

국민학교 3학년 때 담임 선생님께서는 '고전 읽기 운동'에 대해 설명해 주시며 고전을 많이 읽어야 한다는 말씀을 하셨습니다. 다음 날 담임 선생님은 책장수 아저씨와 함께 교실로 들어오셨습니다. 책장수 아저씨는 많은 종류의 고전을 가지고 오셔서 소개해 주시고 그 중 동명성왕의 앞부분을 읽어 주셨습니다.

옛날 옛적에 저 북쪽에 동부여라는 나라가 있었습니다. 그 나라를 다스리던 금와왕은 강가에서 울고 있는 여자를 만났습니다.

"그대는 왜 그리 슬피 우는 거요."

"예, 저는 물의 신인 하백의 딸 유화라고 하옵니다. 어느 날 하느님의 아들이라는 해모수가 와서 결혼하자고 하여 부모님 몰래 결혼했습니다. 그런데 해모수가 저를 버리고 떠나갔고, 이 사실을 안 부모님의 노여움을 사 이곳으로 쫓겨났습니다…….

책장수 아저씨의 이야기에 폭 빠졌을 때 아저씨가 말씀하셨습니다.

"자 여기 있는 이 책들은 모두 이 동명성왕 이야기만큼 재미있는 책입니다. 책을 사고 싶으면 내일까지 담임 선생님께 한 권당 350원을 내고 책 제목을 말하면 다음 주에 책을 주도록 하겠습니다."

집에 오자마자 엄마와 아버지를 조르고 졸라 다음날 350원을 담임 선생님께 내면서 동명성왕을 사고 싶다고 말씀드렸습니다. 그리고 다음 주가 오길 손꼽아 기다렸죠.

기다렸던 시간이 되었을 때 선생님은 몇 권의 책을 가지고 오셨습니다. 많은 아이들이 책을 신청했던 것 같은데 가지고 오신 책이 너무 적었습니다.

"야, 애향단 별로 대표 한 명씩 나와라."

당시는 마을별로 애향단을 조직하여 토요일에는 집에 갈 때도 같은 애향단끼리 모여 줄 맞춰 집으로 가고, 일요일에는 아침 먹기 전에 마을 회관에 모여 애향단 청소를 하게 시켰지요.

"내일 애향단 청소에 나오는지 안 나오는지 담당 선생님이 가서서 검사할 테니 한 사람도 빠짐없이 청소에 나오도록 해라. 알겠나?"

"예!"

선생님의 지시를 어길 수 없어 일요일 아침 먹기 전에 산을 넘어 개골 마을회관으로 청소하러 꼬박꼬박 갔지만 우리 마을 담당 선생님을 뵌 적은 한 번도 없었습니다.

우리 반에 옥계리 사는 남자는 나 혼자였고 몇 명의 여학생이 있었는데, 여학생들은 모두 회관이 있는 개골에 살고 있었습니다. 옥계리 애향단 대표로 개골에 사는 여학생이 책을 한 권 받았습니다.

'어, 이건 아닌데, 왜 여럿이 돈을 냈는데 책을 애향단 별로 한 권씩만 준다?

　마음속으로는 불만이 많고 하고 싶은 얘기가 많았지만, 그런 얘기를 하는 친구는 아무도 없었습니다. 마음속으로는 개골에 사는 여학생들에게 책을 다 보았으면 같이 보자고 말하고 싶었지만 쑥스러워서 말하지 못하고 1년을 보냈습니다.

　4학년이 되었지만 책에 대한 기억은 사라지지 않고 분한 마음은 자꾸 커져갔습니다. 그러던 어느 날 3학년 때 담임 선생님이 자전거를 타고 운동장을 지나가시는 것을 보고 여러 번 망설이다 뛰어갔습니다.

　"책 줘요!"

　선생님은 힐끗 바라보시고는 휑하니 가버리셨습니다.

　그 뒤로는 그 선생님만 보면 책을 달라고 소리쳤습니다. 어느 날 자전거를 타고 운동장을 지나 출근하시는 선생님을 보고 또 뛰어 쫓아가면서

　"책 줘요. 책 줘요!"

　하고 계속 달렸습니다. 선생님은 화가 잔뜩 난 표정으로

　"이리 와 이놈아!"

　하고 자전거를 교무실 앞에 세워두고 앞서 걸어가셨습니다. 선생님을 졸졸 따라가니 선생님은 쓰지 않는 빈 교실 앞 복도로 가서 열쇠로 자물통을 연 후에 문을 드르륵 열었습니다.

　"와!"

　그곳에는 먼지를 듬뿍 쓰고 있는 책들이 서가에 빽빽이 꽂혀 있었습니다. 선생님은 그중에 한 권을 아무렇게나 빼서 나에게 던졌습니다.

"야, 이놈아, 이거 가져가!"

선생님이 던진 책은 겉장이 떨어진 두껍지 않은 책이었습니다.

라만차의 돈키호테가 둘시네아 공주님을 위해 비루먹은 당나귀 로시난데를 타고 다니며 우스꽝스러운 모험을 즐기는 이야기, 『돈키호테』 원작을 간략하게 줄인 것으로, 지금 보면 시시껄렁한 이야기에 불과한데, 그때는 그 이야기가 어찌 그리 재미있었는지, 뻔한 이야기를 읽고 또 읽고 또 읽었습니다.

아마 국민학교 3, 4학년 수준에 맞게 요약된 책이었나 봅니다. 어른들의 관점에서는 시시껄렁한 이야기도 그 수준에 맞는 아이들이 본다면 세상에서 가장 멋진 모험담이 될 수도 있는데, 만약 그 먼지를 뒤집어쓰고 있던 그 도서실 책들을 아이들에게 개방하고자 하는 선생님이 한 분만 계셨다면, 이야기에 굶주렸던 시골 아이들에게 얼마나 신기하고 재밌고 멋있는 신세계가 펼쳐졌을까요?

76년 국민학교 5학년 때 심통골에 미니 도서관이 생겼습니다. 당시 둘째 누님은 서울 상도동 ○○ 약국에서 식모살이를 하고 계셨습니다. 그 집에는 나보다 한 살 많은 아이가 있었는데 어느 날 누님이 집에 오면서 그 아이가 본 '소년중앙' 1월호에서 6월호까지와 『알프스 소녀 하이디』를 가져 왔습니다.

'아니 이렇게 재미난 책이 있나?'

우선 만화부터 훑어보았는데 '도전자 허리케인', '미미와 나나', '타이거 마스크' 등이 기억에 남습니다. 그리고 각종 과학이나 사회상식, '하하군 호호

양이라는 웃음 코너.

　동생 둘과 그 책들을 독파하는 동안 소문이 나, 시간만 나면 심통골 아이들이 우리 집에 모여 그 책들을 보곤 했습니다. 처음에는 재미난 것부터 보다가 나중에는 아주 구석에 있는 이야기까지. 물론 모든 이야기의 진도는 6월호에서 멈추었지만.

　그 책들을 보면서 마음속에 소원이 하나 생겼습니다. 그 책 속에는 계몽사에서 펴낸 60권짜리 '소년소녀 세계문학전집'이 소개되어 있었습니다. '이 책들을 읽어볼 수 있으면 얼마나 좋을까?' 책들의 제목을 보고 또 보았지만 결국은 이루지 못한 소원으로 가슴에 남게 되었습니다.

연속극 안 들린다. 이따 말하자

    덕산 읍내에서 아리랑 고개를 거쳐 개골과 상가리로는 전기가 들어왔지만 외진 심통골은 전기가 들어오지 않았습니다. 심통골 다섯 집은 석유로 불을 켜는 등잔을 사용했지요. 등잔불은 항상 똑같은 크기입니다. 너무 심지를 높이면 시커먼 그을음이 나서 안 되고 심지를 너무 작게 하면 불이 꺼지지요. 등잔불이 어둠을 밀어낼 수 있는 거리는 1미터 남짓입니다. 어둠은 1미터 바깥에서 등잔의 희미한 불빛을 침범하려 호시탐탐 노리지요. 방 안에 있을 때 모든 식구들은 등잔을 중심으로 1미터 안에 모이게 됩니다. 엄마는 등잔 앞에서 뜨개질이나 바느질을 하고, 아버지는 낮에 손바닥에 박혔던 가시를 바늘로 빼려고 등잔 앞으로 다가오시지만 빼지 못하시고 말씀하십니다.

    "눈이 어두워서 잘 안 보이네. 학원아, 이 가시 좀 빼 봐라."

"예."

우리들은 배를 깔고 등잔 앞에 모여서 숙제를 하지요.

"숙제하니?"

"예. 토끼와 거북이 다섯 번 써 오래유."

"미선인 숙제 음남?"

"웅, 읍써."

"니들 학교 왔다 갔다 하며 송방 기웃거리지 말어 이. 먹고 싶은 거 있으면 말혀. 사다 줄 테니게. 그리구 남의 집 밭에 있는 거 근대리지 말구."

등잔을 켤 때는 행동을 아주 조심해야 합니다. 조금만 빨리 움직이거나 부주의하여 바람이 일면 등잔불이 꺼져버립니다. 만에 하나 부주의해서 등잔을 치게 되면 등잔이 쓰러지면서 석유가 쏟아져 방안이 석유냄새로 진동하고 잘못하면 불이 날 수도 있지요. 등잔 앞에서 밥상을 놓고 숙제를 할 때가 있는데, 깜빡 졸다 머리가 등잔 가까이 가면 '타다닥' 누린내와 함께 앞머리카락이 타버리지요.

여름에 좁고 더운 방 안에서 생활하는 것은 고역입니다. 대부분 저녁식사는 바람이 잘 통하는 바깥마당에 밀대방석을 깔아 놓고 먹었습니다. 마당에서 식사하려면 우선 달려드는 모기를 쫓아야 하기 때문에, 밀대방석 옆에 모깃불을 피워야지요. 모깃불은 보리 바심할 때 나온 보리 꺼럭이나 보릿짚 등을 사용했는데 보리 꺼럭 등을 모아 놓고 불을 붙인 후 생쑥을 올려놓으면 생쑥이 타면서 연기가 나는데, 사람에게는 향긋한 쑥 타는 냄새를 모기들은 아주 싫어해서 모기들이 도망갔습니다. 모깃불은 화로에도 하나 더 피웠는데 화로의 모깃불이 잘 붙으면 화로는 외양간으로 옮겨 소에게 달려드는 모기들을 쫓는데 썼지요.

바람이 있는 야외에서는 등잔을 켤 수가 없기 때문에, 깜깜한 어둠 속에서 밥을 먹을 때는 불을 켜지 않습니다. 별빛만으로도 밥 먹는 데는 지장이 없었지요. 물론 호야라는 유리로 불을 보호해서 야외에서도 불을 피울 수 있는 남포(램프의 일본 말)가 있긴 했지만, 남포를 켜 놓으면 주변의 모든 모기와 나방이 다 달려들기 때문에 그냥 깜깜한 상태로 밥을 먹었습니다.

식사가 끝날 때쯤이면 선희 할아버지께서 마실 오십니다.

"밥 먹었남?"

"예. 진지 드셨남유?"

"음, 먹었네."

"……."

"내 오늘 병구네 옆에 있는 우리 밭가에서 골인장(고려장) 캐는 것 봤네."

"예? 직접 보셨어유?"

"두 사람이 캐냈는데, 넓적한 돌을 걷어내니께 밥그릇 몇 개 허구 녹슬은 수저, 호리병 같이 생긴 물병이 있대. 그런데 물병에 물이 들어있더라구."

"예? 옛날 무덤에 묻히는 사람 마시라고 넣어준 물이 아직까지 있어유?"

"병의 입구는 흙으로 맥혔는디 그 흙을 파내니께 물이 들어 있더라구."

"물에서 냄새 안 나던 감유?"

"물은 말간디 그 사람들이 따라 버리려구 혀서, 내달래서 다 마셔버렸네."

"에 에? 무덤에서 나온 물을 마셔유?"

"아무 맛 읍더라구."

"아이구, 할아버지 앞으로 오래 사시것어유."

"허허."

당시 탐침봉을 가지고 다니며 옛날 유물이 묻혀있는 무덤을 파헤치는 사람들이 많았는데, 선희 할아버지도 고려장에 관심이 많았지요. 선희 할아버지는 발로 쿵쿵 굴려보아 속이 빈 것처럼 맑은 소리가 나는 곳이 있으면 파헤쳐 보곤 했습니다. 무치기로 가는 길 주변에서도 맑은 소리가 나는 곳이 있었는데, 선희 할아버지는 고려장 터 같다는 말을 했고 그 말을 들은 뒤로는 그곳을 지날 때마다 공포에 떨어야 했습니다. 물론 선희 할아버지는 단 한 번도 고려장을 파내지는 못했지만요.

"참외 좀 드셔 보셔유."

"올해 참외 잘 됐남?"

"예, 개구리참외도 심었는디 달고 맛있네유."

밤나무 숲에서는 소쩍새가 울어대고 마당 가 풀밭에서는 귀뚜라미와 베짱이가 노래하고 반딧불들도 반짝입니다. 무서운 고려장 얘기에 바짝 긴장하여 아버지 옆으로 다가가 누우면 북서쪽에서 남동쪽으로 흐르는 은하수와 수많은 별들이 반갑다고 일제히 반짝이지요.

"나 이제 갈라네."

"예, 내일 또 오셔유."

모깃불도 다 꺼지고 더운 기운이 좀 가시면 방 안으로 들어가 홑이불을 덮고 잠을 청합니다.

6학년인 77년에 심통골에도 전기가 들어왔습니다. 그러나 심통골에서도 너무 멀리 외따로 떨어진 무치기의 원호형네는 이번에도 전주를 세울 수 없었습니다.

아리랑 고개에서부터 50미터마다 전주를 하나씩 세우는데, 약 30명의 건장한 장정이,

"오오, 가."

"으이, 샤!"

"오오, 가."

"으이, 샤!"

무거운 시멘트 전주를 목도로 어깨에 메고 구령에 맞추어 한발 한발 언덕을 올라오는 장면은 장관이었습니다. 자기 집으로 가는 전주를 세울 때는 그 집에서 식사를 제공하기로 했는데, 식사 장면도 장관이었지요. 가마솥에다 밥을 한 솥 가득 하고, 갓 담은 겉절이와 엄마가 봄에 개산에 가서 뜯어다 말렸던 고춧잎 나물 등으로 밥을 내면, 큰 양재기에다 밥을 듬뿍 푸고 여러 가지 반찬을 넣고 고추장으로 비빈 후 얼큰한 국과 함께 정말 맛있게들 드셨습니다.

전기가 들어오니 딴 세상이 되었습니다. 평소에는 등잔을 켜다 손님이 오시거나 할 때만 촛불을 켰는데, 촛불을 켜면 아주 밝았지요. 촛불을 한 개 켰을 때의 밝기를 1촉(燭)이라고 하는데, 전구 중에 가장 낮은 촉수가 5

촉이었습니다. 어둠은 5촉짜리 전구에 의해 방 안에서 모두 쫓겨났습니다. 엄마는 저쪽 벽에 기대고 바느질을 하고 아버지는 다른 쪽 벽에 기대고 라디오 뉴스를 듣습니다. 우리도 각자 편한 곳에서 숙제를 하지요. 움직일 때 조심하지 않아도 됩니다. 전기불은 바람이 불어도 꺼지지 않으니까요.

어느 날 흑백 TV가 들어왔습니다. 이제 〈타잔〉 보러 아리랑 고개로 갈 필요가 없어졌습니다. 엄마가 저녁밥상을 들고 들어오시며 말씀하십니다.

"연속극 할 시간이다. 티비 켜봐라."

"예."

봄비 속에 떠난 사람

봄비 맞으며 돌아왔네.

그때 그날은

그때 그날은

웃으면서 헤어졌는데.

……

TV에서 이은하의 노래가 끝나면, 이정길과 김자옥의 사랑 얘기, 연속극 〈봄비〉가 방영됩니다.

"엄마, 그런데–"

"연속극 안 들린다. 이따 말하자."

연속극에서 나오는 대화를 들어야 하기 때문에 모두 조용히 밥을 먹습니다. 모두 TV 화면을 보면서. 연속극이 끝난 후에 나오는 또 다른 재미난 프로를 보다가 9시 KBS 뉴스를 보고 TV를 끄고 잠자리에 듭니다.

이제 아무리 더워도 TV를 봐야 하기 때문에 밀대 방석을 쓸 일이 없고, 선희 할아버지도 마실을 안 오십니다. 선희 할아버지도 TV에서 나오는 〈봄비〉를 보아야 하니까요.

너 솔직히 얘기해.
숙제 베꼈지?

아름답고 즐거운 예술이여

마음이 서글퍼진 어둔 때

고운 가락 가만히 들으면

언제나 즐거운 맘 솟아나

내 방황하는 맘 사라진다.

　　　　－ 슈베르트, 「음악에 부쳐」

　요즘 우리는 많은 소음 속에 묻혀 살고 있습니다. 방 안에 있어도 냉장고
돌아가는 소리, 보일러실에서 보일러 돌아가는 소리, 보일러에서 덮여진
물이 싱크대 아래를 통과하는 소리, 2중으로 된 모든 문을 닫아 놓았지만
밖을 달리는 차 소리가 들리고 차 소리가 들리지 않을 때도 '웅웅웅웅' 하는

저음이 끝없이 들립니다.

전기도 들어오지 않고 차가 다닐 수 있는 길도 없던 심통골에선 무슨 소리가 들렸을까요? 소음은 없었지만 생명의 소리는 넘쳤지요.

'몽골 초원에 누우면 지구가 돌아가는 소리까지 들린다.'는 말이 있는데, 심통골도 몽골 초원만큼 소음이 없었습니다. 조용한 겨울, 뒷문 창호지에 해가 지나가는 모습이 비쳤고, 귀로는 아무 소리도 들리지 않을 때 들리는 익숙한 소리가 들렸지요. 함박눈이 펑펑 내리는 날은 멧새가 날아가는 모습은 보이지만 멧새 소리는 들리지 않습니다. 김광균 시인은 이런 고요한 상태를 '먼 데 여인의 옷 벗는 소리'까지 들릴 정도라고 표현했지요.

심통골에는 참 많은 생명의 소리가 있었습니다. 개울물 흘러가는 소리, 바람 없는 한여름에 집 앞의 미루나무 꼭대기에서 두 개의 나뭇잎이 조용히 부딪치던 소리, 수많은 새들의 지저귐, 가을로 갈수록 다양해지는 풀벌레들의 합창……. 그런데 아직까지 의문으로 남은 소리가 있습니다. 모내기 철에는 풀벌레 소리가 그리 많지 않은데, 그때쯤이 되면 마당가에서 들리던 청아한 소리가 있었습니다. 어른들은 지렁이 울음소리라고 하셨지요. 소리가 들릴 때마다 확인하려고 발소리를 최대한 죽이고 살금살금 다가가지만 바로 눈앞에서 이 소리가 멈춥니다. 주위를 아무리 둘러봐도 소리의 주인공은 없었지요.

깨끗한 공기 때문에 심통골에서 사물들 간의 거리는 가깝게 느껴졌고, 이웃들 간의 소리가 잘 들렸습니다. 이웃들 간에 소식을 전할 일이 있을 때면 집 근처의 서로 잘 보이는 곳에서 손을 모아 소리칩니다.

"원호야아–", "문환아아–"

그럼 반드시 대답이 들리지요.

"왜에에–"

어른들끼리 소식을 전할 때도 꼭 그 집 아이 이름을 크게 부르지요.

심통골 아이들은 노래를 좋아했습니다. 그중에 문환이 동생 일환이의 노래소리가 가장 컸지요.

　　미루나무 꼭대기에 조가악 구우름이 걸려 있네~

그러면 이쪽에서도 노래로 답하지요.

　　시냇물은 졸졸졸졸 고기들은 왔다 갔다

요즘 아이들이 들으면 공감이 안 되겠지만 당시에 불렀던 동요들은 대부분 자연을 노래한 것들이었기 때문에 우리 산골 아이들의 정서에는 딱 맞았습니다. 물론 음악 시간에 '이승복 어린이의 노래'와 같은 반공 노래도 배우고, '충무공 이순신의 노래', '윤봉길 의사 추모의 노래', '단심가' 같은 충성을 강조한 군가 비슷한 노래도 배웠지만요.

국민학교를 마치고 중학교에 들어갔습니다. 중학교 때 가장 즐거운 시간은 음악 시간이었습니다. 그런데 배우는 노래는 국민학교 때와는 차원이 달랐습니다. 동요가 아닌 세계의 가곡이었으니까요. 중학교 1학년 때 음악 선생님은 미혼의 여선생님이셨습니다. 피아노를 잘 치셨고 많은 노래들을 가르쳐주셨지요.

그리운 추억의 푸른 섬 카프리
온종일 물결은 출렁이고
수평선 저 멀리 떠가는 구름
내 꿈을 부르네 카프리

동백꽃이 핀 모래밭
함께 거닐던 길에
지금은 무심하게도
물결만 밀려오네

다른 친구들은 건성건성 부르기도 하고 장난기로 부르기도 했지만 선생님의 피아노 반주에 맞추어 열심히 불렀습니다. 카프리섬이 어디인지는 모르지만 노래를 부르며 아름답고 먼 이국 풍경을 상상해 보았지요.

창공에 빛난별 물위에 어리어
바람은 고요히 불어오누나.
아름다운 동산 행복의 나폴리
산천과 초목들 기다리누나.

내배는 살같이 바다를 지난다.

산타루치아 산타루치아.

목청껏 노래를 부르며 음악책 한쪽에 바다 위를 떠가는 배 한 척을 그렸었지요. 그 배 위에서 시원한 바람을 맞고 있는 상상을 해가며.

여름방학이 다가왔습니다. 1년 중 가장 좋은 계절이지요. 추위를 많이 타서 겨울을 싫어했지만, 산과 들을 쏘다니며 실컷 놀 수 있는 여름방학은 1년 중 가장 즐거운 때였지요. 그런데 음악 선생님이 숙제를 내주셨습니다. 월요일에서 금요일까지 오전 9시에 시작하여 10시에 끝나는 KBS1 라디오의 클래식 음악방송인 〈KBS 희망 음악〉을 듣고 정리해 오는 것이었습니다.

여름방학 내내 하루도 빠지지 않고 다 들었습니다. 덕산 이모네 집에서 잔 날도 빠지지 않고 들었지요. 듣고 난 후엔 간단한 감상도 적었습니다. 희망 음악 엽서도 보내 두 번인가 방송을 타기도 했고요.

8월 11일 금요일.

1. 시벨리우스의 〈핀란디아〉
2. 무소그르스키의 〈민둥산의 하룻밤〉
3. 드보르작의 〈유모레스크〉
감상

1. 시벨리우스가 자기 조국을 생각하며

....

....

....

덕분에 수많은 작곡가와 좋은 곡들을 알게 되었습니다. 가장 듣기 좋았던 곡은 비제의 〈아를르의 여인〉 중 미뉴에트였습니다. 특히 처음 시작하는 부분을 가장 좋아하였지요.

여름 아침에 일찍 일어나 노간주나무 울타리로 가면 수많은 거미줄이 보입니다. 낮에는 잘 안 보이는데 아침이면 이 거미줄에 하얀 이슬이 맺혀 아주 또렷이 보이죠. 잠시 후에 저 멀리 예당평야 뒤의 차령산맥 위로 태양이 떠오르면 거미줄에 맺힌 이슬방울이 빛나는데 이슬방울에서 뿜어져 나오던 그 영롱한 광채는 무엇에 비할 수 없을 정도로 아름다웠죠. 그 여름방학 아침에 이 미뉴에트를 머릿속에 그리며 집 주변을 둘러보았는지, 지금도 이 곡만 들으면 태양이 떠오르던 모습과 햇살에 반짝이던 그 이슬방울이 떠오릅니다.

여름방학이 끝났습니다. 다른 건 몰라도 음악 숙제를 다 했다는 기쁨에 학교로 가는 발걸음이 가벼웠습니다.

"야, 학원아. 너 음악 숙제 했니?

"응, 다 했는데."

"나 하나도 못했다. 빌려주라."

시량리 방앗간 집 아들로, 인상 좋고 성격 좋고 축구도 가장 잘 하는 72번 옆 짝꿍이 음악 감상 노트를 열심히 베꼈습니다. 중학교 1학년 때 우리 반은 75명까지 있었지요. 1번은 키가 가장 작은 친구였고 75번은 키가 가장 컸던 박문수였지요. 나는 71번으로 72번 친구와 옆 짝꿍이었습니다.

며칠 후에 반장이 불렀습니다.

"야, 너 교무실에서 음악 선생님이 오래."

가슴이 두근거렸습니다. 그동안 단 한 번도 음악 선생님과 단독으로 대화한 적이 없었습니다. '혹, 숙제를 잘했다고 부르시는 건 아닐까?'

교무실 음악 선생님께 갔더니 다짜고짜

"야, 임마! 무릎 꿇어."

"예?"

"무릎 꿇으라고!"

"?"

영문도 모르고 무릎을 꿇자 음악 선생님이 짧게 말씀하셨습니다.

"너 솔직히 얘기해. 숙제 베꼈지?"

아니, 이건 무슨 억울한 말씀인가요?

"저 안 베꼈는데요."

"야 임마, 솔직히 얘기해."

"저 진짜, 안 베꼈는데요."

"이 눔이 거짓말하네. 이 노트를 봐라. 네 옆 짝꿍 꺼하고 토씨 하나도 안 틀리잖어."

"예?"

"그런데 이것 봐, 옆 친구 것은 반듯반듯하게 썼는데, 너는 글씨가 삐뚤삐뚤하고 꾹꾹 눌러 썼잖어. 빨리 베끼다 보니 이런 글씨체가 나온 거잖어."

"저 정말 안 베꼈는데요."

그때 옆자리에 계신 분이,

"나 이놈 그렇게 안 봤는데 나쁜 놈이네, 야 이눔아, 빨리 잘못했다고 빌어."

"……."

억울하고 원통했지만 무슨 말도 할 수가 없었습니다.

다른 선생님도, "이 새끼 이거 고집 세네."라며 머리를 한 대 치셨지요.

결국은 죄송하다고 억지 사과하고, '고집 세고 못된 놈'이 되어 교무실을 나왔습니다. 교무실을 나오는데 눈물이 왈칵 쏟아졌습니다.

고등학교 2학년 때도 비슷한 경험을 한 적이 있습니다. 여름방학 미술 숙제로 사군자 그려오기가 있었습니다. 동네 친구들과 함께 모여 화선지에 대나무를 그려서 제출했는데, 점수 확인하는 시간에 0점을 부르셨습니다. 당시 미술은 실기 70점, 필기 30점이었지요.

"선생님 저 대나무 그려 냈는데유."

"내긴 뭘 내. 냈으면 왜 없어."

"저 분명히 냈어유. 동네 애들이 다 같이 모여서 그렸는데유."

"잔말 말어. 네 그림은 없었어."

2학년 2학기 성적표가 나왔습니다.

미술 실기 0점, 필기 30점, 평어 가.

30여 년의 교직생활을 하는 동안 화를 못 이기고 말을 함부로 한 후 후회하고 가슴이 답답했던 경험이 많습니다. 내 가슴이 답답했을 정도면 그 말을 들었던 학생은 가슴에 큰 상처로 남았을 겁니다. 또한 상대의 상황을 자세히 알지 못하면서 추측하여 단정적으로 말한 경우도 많았을 테고요.

요즘은 되도록 말을 줄이려고 노력하고 있고, 어떠한 상황을 판단하지 않고 있는 그대로 바라보려고 노력하고 있습니다.

벌써 다
팔렸다구유?

얼마 전에 일본에서 단사리 운동이 유행한단 뉴스를 본 적이 있습니다. '너무 복잡하거나 불필요한 관계를 끊고(斷), 가지고 있는 물건 중에서 꼭 필요하지 않은 것들은 버리고(捨), 집착과 이별한다(離)'는 의미인데, 물질적 풍요와 정보화가 낳은 새로운 풍속도인 셈이지요. 10여 년 전에 어렵게 할부로 구입했던 32권짜리 백과사전을 폐지로 버렸고, 올여름에 거실 한쪽을 꽉 채우고 있던 책들을 박스에 넣어 폐지 수거하는 곳에 쌓아두고 책장도 분리하여 폐기처분한 후 화분 하나를 들여놓았는데, 처음에는 아까웠지만 깔끔하니 보기 좋습니다.

손안에 들어오는 스마트폰 속에 백과사전보다 훨씬 많은, 우리가 생각할 수 있는 거의 모든 정보가 들어 있어, 더 이상 신기할 것도 없고 더 이상 소유에 대한 집착도 필요 없는 시대가 되었습니다.

인터넷이 보편화되어 지구 상 어디에 있든 카톡을 통해서 실시간 안부를 주고받는 시대가 되었지만 전화가 없던 예전엔 대부분의 소식들을 편지로 주고받았지요. 크리스마스가 되면 친한 친구나 친지들에게 카드를 보냈고, 새해가 되면 격식을 차려야 할 분들에게 연하장을 보냈지요.

물질이 절대적으로 부족했던 상황에서 소유욕으로 나타난 것이 수집 열풍이었던 것 같습니다. 부자들은 골동품과 같은 값비싼 것을 수집했겠지만 주머니가 가벼웠던 우리들 사이에선 껌종이 수집, 옛날 동전 수집, 우표수집이 유행했습니다. 그중 가장 보편적인 것이 우표수집이었지요. 요즘은 우표를 접할 기회가 거의 없지만 예전엔 편지를 자주 주고받았기 때문에 우표를 접할 기회가 많았습니다. 편지를 받았는데 귀한 기념우표가 붙어 있으면 편지봉투를 잘 오린 후 물에 불려 우표를 떼어내어 우표수집 책에 고이 간직했지요. 먹황새, 후투티, 홍여새, 쇠제비갈메기 등 새들이 나온 우표끼리 같은 페이지에, 수수꽃다리, 조록싸리, 용담, 엉겅퀴, 제비꽃 등 꽃이 나온 우표도 같은 페이지에 모아 놓았습니다. 우표책을 보고 있으면 시간 가는 줄 몰랐습니다. 물론 대부분 한 번 사용하여 소인이 찍힌 우표였지만요.

처음엔 사용한 우표를 모으다가 나중에는 사용하지 않은 기념우표를 모으기 시작했습니다. 그런데 우표를 모으기가 쉽지 않았습니다. 너도나도 우표수집에 열을 올리다 보니 읍내에 살지 않고 우체국에도 아는 사람이 없으면 새 기념우표를 살 수 있는 기회가 많지 않았습니다. 두 장짜리 시트나 네 장으로 자른 명판은 있다는 소리는 들어 봤지만, 사 본 적은 한 번도 없었습니다.

중1 때인 78년 8월 16일, 8월 15일 자로 정부 수립 30주년 기념우표가 발행되었는데, 15일은 공휴일이라 우체국이 문을 닫았고 16일에 우체국에서 팔기 시작했습니다. 그런데 수요일이라 학교 끝나고 가면 문을 닫습니다. 옆 짝꿍은 자기 아버지가 우체국의 아는 분에게 부탁하여 우표를 사다 주기로 했다고 자랑했습니다. 1교시 내내 마음이 불안하고 초조했습니다. 이대로 가다가는 우표를 살 수 있는 기회가 영영 사라질 게 뻔합니다.

1교시 끝난 후 과감하게 자전거를 타고 덕산 읍내로 향했습니다. 덕산 중고등학교는 덕산 읍내에서 한참 떨어진 구릉에 있습니다. 원래 공동묘지였던 곳에 학교를 세웠다고 합니다. '털털털털 털털털털' 비포장도로에 깔린 자갈 때문에 털털거리는 자전거를 타고 최대한 빨리 페달을 밟아 덕산 우체국에 도착했습니다.

"기념우표 주셔유."

"읍써."

"예? 오늘 발행된 정부 수립 30주년 기념우표가 읍다구요?"

"응."

"우체국 연지 두 시간도 안됐는데 벌써 다 팔렸다구요?"

"응."

"……."

이건 있을 수 없는 일이었습니다. 분명 우표를 넣어두는 저 서랍 속에 잔뜩 있을 텐데 아는 사람한테만 팔려고 하는 것 같고, 시간이 지난 후 값을 올려 받으려는 속셈인 것도 같았습니다. 시커먼 속이 다 보이는 것 같지만 없다는데 어찌할 방법이 없었습니다.

자전거를 타고 동문 밖 언덕길을 최대 속도로 달려 덕산중학교 쪽으로 달렸습니다. '탈탈탈탈 탈탈탈탈' 자갈길에 속도를 내니 울퉁불퉁한 자갈들과 바퀴가 부딪치는 충격이 온몸에 전달되고 자갈이 바퀴에 튕겨 나갔습니다. 핸들을 중학교로 들어가는 길로 꺾지 않고 냅다 고덕 쪽으로 달렸습니다. 4~50분쯤 후에 온몸이 땀으로 범벅이 되어 고덕우체국에 도착했습니다.

"기념우표 주셔유."

"읍써."

"예? 오늘 발행된 정부 수립 30주년 기념우표가 읍다구요?"

"응."

"우체국 연지 세 시간밖에 안됐는데 벌써 다 팔렸다구요?"

"응."

"……."

착잡합니다. 늦으면 못 살 것 같아 온 힘을 다해 달려왔는데 다 떨어졌다니, 하늘이 노랗습니다. 그냥 포기하고 가야 하나? 그럴 순 없었습니다.

다시 자전거를 타고 지친 몸으로 페달을 밟았습니다. 핸들은 한 번도 가본 적이 없는 봉산면사무소가 있다는 방향을 향하고 있었습니다. 고덕에서 봉산으로 가는 길은 처음 가는 길이라 그런지, 아니면 지친 상태로 자전거의 페달을 밟아서 그런지 어렵게 느껴졌습니다. 한참 만에 조그만 봉산 우체국에 도착했습니다.

"기념우표 있슈?"

"응."

"예? 진짜 있슈?"

"응. 몇 장이나 살려구?"

여직원은 한 장도 떼어내지 않은 반듯한 우표 전지를 꺼내며 물었습니다.

"네 장 주셔유. 네모난 모양으루유"

"이렇게 자르면 되나?"

"아, 예!"

"80원!"

"아, 예. 여깃슈"

처음으로 명판이라고 하는 네 장짜리 우표를 쥐고 우체국을 나오는데, 피로가 싹 가시고 웃음이 절로 나왔습니다.

'얏호! 나도 샀다!'

봉산에서 덕산으로 향하는 그 긴 언덕길도 어려운 줄 모르고 넘을 수 있었습니다.

학교에 도착하니 점심시간이 끝나가고 있었습니다. 땡땡이쳤던 2, 3, 4교시 중에 당시 우리들이 가장 무서워했던 도덕 선생님의 시간이 포함되어 있었습니다. 벌을 좀 심하게 받았지만 그렇게 기분이 나쁘지는 않았습니다.

어쨌거나 우표 네 장을 손에 쥐고 있는 나는 영웅이 되었습니다. 게다가 내 우표수집 인생에 처음으로 명판이라는 네 장짜리 반듯한 우표를 손에 넣었으니……. 그러나 친구들의 비굴한 간청에 결국 한 장씩 세 장을 떼어주다 보니 명판의 모습은 온데간데 없어졌고 단 한 장만 내 손에 남았습니다.

아바! 그 시절
우리들의 노래

You can dance you can jive

Having the time of your life

Oh see that girl

Watch that scene

Dig in the dancing queen

— 아바, 〈댄싱 퀸〉

　국민학교 때는 마을 회관에서 애향단 활동할 때 말고는 옥계리의 중심인 산 너머의 개골에 간 적이 별로 없었습니다. 옥계리에 동기동창이 남자는 여섯 명이었고 여자는 열 명이 넘었지만, 심통골의 문환이하고만 친하게 지냈습니다.

중학교 1학년 때 옥계리 선배들이 개골로 모이라는 연락을 해왔습니다. 돈을 모아 고등학교로 진급하는 선배들에게 선물을 전달하자는 내용이었습니다. 선물은 여학생들이 샀는데 그때 전달했던 책 중에 『달과 6펜스』가 기억에 남습니다.

이 모임 이후로 개골 친구들과 모일 기회가 잦았습니다. 우리가 모이는 장소는 한 군데였는데, 응규네였습니다. 응규 아버님은 집 옆의 빈터에 시멘트 벽돌로 큰방을 만들었습니다.

"너희들 놀 때는 다른 데서 놀지 말고 이 방에서만 놀아라."

우리 동창들이 모일 때는 대부분 이 방에서 모였습니다. 모여서 이런저런 얘기를 하다가 테이프로 음악을 듣기도 하고, 그 음악에 맞추어 막춤을 추면서 놀기도 했습니다. 그때 가장 많이 들었던 음악이 신나는 아바의 노래였습니다. 가사 내용도 모르면서 흥거운 리듬을 즐겼었지요.

문제는 적당히 놀다 헤어져야 하는데 밤늦도록 음악을 크게 틀고 큰 소리로 깔깔대면서 놀았다는 것입니다. 당시는 방을 만들 때 단열기술도 없고 방음시설도 없었기 때문에 방안의 소음은 그대로 응규 부모님이 주무시는 방으로 전달되었습니다.

또 그 방에서 적당한 음주도 했습니다. 당시 중학생이면 어른과 거의 동등한 일꾼 취급을 받았습니다. 모내기 철에 참을 먹거나 점심을 먹은 후 쉬고 있으면,

"얘들아 이리 와라. 니들도 막걸리 한 잔씩 혀라. 이거 마시면 들 힘들 거다. 한 잔씩 먹어야지 힘들어서 일 못 헌다."

하고 어른들이 막걸리를 권하셨지요. 큰 음악을 틀고 술도 마셔가며 밤새 떠들어도 '그만 놀고 집으로 가라'던가 '이놈들아 잠 좀 자자'란 말을 하실 법도 한데 그런 말씀을 한 번도 하시지 않았습니다.

어떤 때는 오후에 모여 놀다 저녁시간이 되면 개골 애들은 옆에 있는 집에 가서 식사하고 오는데, 심통골은 산을 하나 넘어 갔다 와야 합니다. 그것을 알고 아버님이 부르십니다.

"응규야, 학원이와 같이 와서 저녁 먹어라."

죄송함을 무릅쓰고 부모님과 저녁상을 같이 한 경우도 여러 번 있었습니다.

십오야 밝은 둥근 달이 둥실둥실 둥실 떠오면
설레는 마음 아가씨 마음 울렁울렁 울렁거리네
– 김중순 작사, 〈십오야〉

달맞이꽃이 달빛을 받아 더욱 노랗게 보이던 여름밤에 덕산저수지 상류, 구슬처럼 맑은 물이 흐르는 개울가(玉溪里) 느티나무 아래에서 선후배들이 모여 솥단지를 걸어놓고 어죽을 쑤어 먹기도 했지요.

"야, 국자 좀 줘. 어죽 다 눌어 붙것다."

"국자 읎으면 이거로라도 저서유."

"야야야야, 그건 부지깽이잖어. 불 때던 걸로 어죽을 젓는다니?"

"아이고 뭐로 젓던지 뭔 상관이래유. 맛만 있으면 되지. 이따 봐유, 맛있지."

    그 때 유행했던 아바의 노래나 들고양이의 〈십오야〉 같은 노래가 들릴 때면 그 시절의 정겨웠던 느낌이 아스라이 느껴집니다. 같이 모여 놀았던 친구들과 다시 한 번 그 느티나무 아래에 모여 어죽 한 번 쑤어먹자고 다짐한 것이 20년도 넘었는데 쉽게 모여지지가 않습니다. 당시의 웅규 아버님 또래가 된 지금, 나는 과연 그 당시 웅규 아버님처럼 넓은 아량을 가지고 있는지 되돌아보게 됩니다.

이 몸으로 군대에
갈 수 있을까?

　유년기에 가장 힘들었던 때는 진달래가 필 때쯤인 이른 봄이었습니다. 이때가 되면 코피와 심한 감기몸살로 기진맥진한 상태가 되어 장기결석을 하곤 했습니다. 심한 감기몸살과 코피로 결석하여 부모님이 일하러 나가신 후 혼자 방안에 누워 있으면 항상 똑같은 꿈을 꾸곤 했습니다. 내용이 분명하지는 않은데 높은 곳에서 떨어지면서 기계 속으로 빨려 들어가며 몸서리치는 꿈이었지요. 또 잠만 자면 의식은 또렷하지만 몸은 꼼짝할 수 없는 가위 상태가 되어 잠자는 것이 두려웠습니다.

　몸서리쳐지는 꿈과 가위 상태에서 깨어나 이불 밖으로 나온 발가락을 보면 내 발가락이 아득히 멀리 있는 것처럼 보였고, 잠시 멍한 상태가 되면 사방의 벽지 무늬들이 우르르 몰려들었습니다. 두려움에 진저리를 치고 식은 땀으로 끈적거리는 몸을 일으켜 비척거리며 밖으로 나가 양지쪽의 따뜻한

199

짚누리에 기대고 앞산을 바라보면 울긋불긋 진달래가 피어 있었습니다.

자주 걸리는 감기몸살은 할머니를 거쳐 아버지에게로 이어진 천식의 영향이었습니다. 당시 아버지도 심한 기침으로 고생하고 계셨는데, 환절기만 되면 아버지처럼 정신을 못 차릴 정도로 기침을 심하게 했었습니다. 심한 감기몸살 후엔 반드시 축농증이 따라와 머리는 지끈지끈 아프고 온몸이 나른한 상태가 되곤 했지요.

코피는 시도 때도 없이 나왔는데, 감기몸살과 겹치면 맥이 탁 풀리곤 했습니다. 코피를 흘리는 원인은 여러 가지겠지만 그중 하나는 네 살 때쯤 누나가 포대기로 업고 밤나무에 올라갔다가 떨어뜨렸는데 떨어질 때 코가 돌에 부딪혔다고 합니다. 코피가 나오면 코피가 나오는 쪽의 코를 솜으로 틀어막습니다. 그러면 다른 쪽으로 나오고, 그쪽도 틀어막으면 목구멍을 통해 덩어리 피가 나오는데 항상 요강이 붉게 물들었습니다. 코피는 시도 때도 없이 터집니다. 자다가 터져서 베개가 빨갛게 물들기 일쑤고, 밥 먹는 중에 주르르 흘러내려 밥그릇으로 들어가기도 합니다. 수업하다가도 주르르 흐르고. 가장 자주 흐를 때는 아침에 세수할 때입니다. 세숫대야의 물이 빨갛게 물들지요.

코피가 나오면 쉽게 멈추지 않는데, 코피가 날 때마다 엄마는 덕산 읍내의 약국까지 달려갔다 오셨지요. 약국에 가 봐도 뾰족한 방법이 없지만, 피 흘리는 모습을 그냥 보고 있을 수만 없어 다녀오신 게 아닌가 생각됩니다. 하룻밤에 두 번 다녀오신 적도 있었죠.

코피 흘리는 것을 막기 위해 여러 가지 방법을 시도했습니다. 약국에서 축농증의 영향이라고 해서 독한 축농증약을 몇 년간 먹기도 했고, 다양한 민간요법도 사용해 보았지요. 가장 대표적인 방법은 띠 뿌리 삶아 먹기입니다. 띠 뿌리 삶은 물은 약간 노란빛이 나는데, 약한 단맛이 나며 그냥 맹맹한 싱거운 맛입니다. 또 한 가지는, 좀 먹기 역겨운 것인데, 연근 삶은 물입니다. 껍질을 벗기지 않은 연근을 썰어 삶으면 약한 검은빛이 나는데, 떫고 먹기 힘들었던 기억이 있습니다.

새 학년이 시작되면 엄마는 집에서 먹어 본 적이 없는 비싼 복숭아 통조림이나 드링크류를 사 가지고 새 담임 선생님을 찾아가셨습니다. 아들의 증상을 말씀드리고, 힘든 야외 활동에서 빼 주십사 부탁하기 위해서였죠. 덕분에 국민학교 체육 시간에 구기운동을 해 본 경험이 별로 없는데, 그 영향인지 지금도 심한 몸치입니다.

감기몸살과 코피로 자꾸 시달리다 보니 시도 때도 없이 빈혈이 찾아왔는데, 빈혈은 참기 힘들 정도의 메스꺼움과 두통을 동반했습니다. 빈혈은 항상 똑같은 과정을 거쳐 찾아옵니다. 우선 왼쪽 눈의 왼쪽 구석 부분에서부터 약간 기하학적인 무늬가 흔들리기 시작합니다. 눈을 감아 보면 더욱 또렷이 보이지요. 그러다 이게 눈 전체로 번지는데 가장 심할 때는 책을 보아도 검게 보이고 눈은 뜨고 있지만 눈앞이 캄캄해 앞을 잘 볼 수가 없게 됩니다. 그러면서 서서히 속이 메스꺼워지기 시작합니다. 그다음 단계가 가장 참기 힘든데, 눈앞의 검은 장막은 서서히 걷히며 속이 메스꺼우면서도 머리가 빠개지게 아픕니다. 빈혈이 올 때 가장 좋은 방법은 눈을 감고 자는 겁니다. 잠은 잘 오지 않지만 자면 머리 아픈 증상을 조금이라도 덜 느낄 수 있으니까요, 나는 아파 죽겠는데 주변 사람들은 꾀병을 부린다고 생각하는 경우도 많았죠. 덕산 읍내의 약국에 가서 증상을 설명하면 진통제를 처방해 줄 뿐이고요.

천식과 코피와 빈혈이 자주 오다 보니 몸은 항상 비실비실했습니다. 몸이 안 좋다보니 친구들과 어울리는 것보다는 혼자 있는 시간이 많았는데, 다른 친구들이 축구 같은 놀이를 할 때도 혼자 산속에 들어가 숲을 돌아다니거나 산꼭대기에 있는 바위에 올라가 하염없이 먼 곳을 응시하고는 했지요. 그때 했던 생각. '나는 과연 이 몸으로 군대에 갈 수 있을까? 휴전선에서 밤에 보초를 서다 천식의 발작이 시작되면 적들에게 들키지는 않을까? 노스트라다무스에 의하면 1999년 지구를 중심으로 태양계의 행성들이 거대한 십자가 모양으로 늘어서는 그랜드 크로스가 발생하며 지구는 종말을 고한다는데, 그때까지 살 수 있을까? 그때의 나이가 서른다섯 살인데 그때까지만이라도 살았으면 좋겠다.'

중학교 2학년 봄에 엄마가 홍성에 이비인후과가 생겼다고 병원에 가자고 하셨습니다. 학교가 끝난 후 자전거로 덕산 버스터미널로 오면 엄마가 기다리고 계셨습니다. 덕산 버스터미널에서 홍성행 버스를 타고 비포장도로를 달려갑니다. 홍성 버스터미널에서 조금만 걸어가면 병원이 나오는데 최 이비인후과였습니다.

"외상(外傷)은 시간이 가면 자연적으로 치료되지만 코피와 같은 내상(內傷)은 시간이 가면 갈수록 더욱 악화되는 겁니다. 코피 흘린 것이 오래됐다면 쉽게 치료되지는 않을 겁니다. 우선 약물로 치료하다 안 되면 전기로 상처부위를 지져서 때우고, 그 방법으로도 안 되면 수술을 할 겁니다. 우선은 약물로 치료하지요."

치료는 간단합니다. 분무기로 코안에다 약물을 '칙칙' 분사하면 끝입니다.

"내일 또 오세요."

이제 집으로 가야 합니다. 그런데 그 시간이 되면 홍성에서 덕산으로 가는 버스가 없습니다. 우리는 예산으로 가는 버스를 타고 달립니다. 중간중간 정류장을 경유하기 때문에 예산에 도착하면 늦은 시간이 됩니다. 예산 터미널에 도착한 후 덕산으로 가는 마지막 버스를 잡아타고 털털거리는 자갈길을 달려 덕산 버스터미널에 도착하면 칠흑 같은 밤이 됩니다. 이제 덕산에서 심통골까지 걸어가는데, 집에 도착하면 밤 10시가 넘습니다. 이 해는 아버지의 건강도 극히 안 좋아져서 엄마는 아버지 돌보랴 홍성 다니시랴 농사일하시랴 무척 힘든 한 해를 보내셨습니다.

한 달 정도 다녔지만 코피는 멈추질 않았습니다.

"약물론 치료가 안 될 것 같습니다. 이제 전기로 때워봐야겠네요. 전기가 좀 통할 텐데 조금만 참아요."

전기인두로 콧속의 상처를 때우는데 전기가 찌릿찌릿 통합니다. 그리고 무척 뜨겁습니다. 적당한 시간 인두로 지진 후 인두를 떼어야 하는데, 그 적당한 시간을 넘기면 참기 힘들 정도의 뜨거움과 찌릿찌릿함을 느끼게 됩니다.

"하루에 한 곳씩 때울 텐데 상처부위가 많아서 오래 걸릴 것 같습니다."

어떤 날은 인두를 대자마자 코피가 터졌습니다.

"오늘은 코피 때문에 치료를 할 수가 없네요. 내일 다시 오세요."

한쪽 코를 막으면 다른 쪽 코로 피가 나와 양쪽 코를 막는데, 그러면 또 목으로 덩어리 피가 넘어옵니다. 목으로 넘어온 피를 매번 뱉다가 어느 순간부터 귀찮고 아깝다는 생각이 들어 삼켰습니다. 무슨 이유인지 모르지만 피를 삼키고 나면 목이 칼칼해집니다. 양쪽 코를 막고 10시에 집에 도착하여 밥을 먹는데, 입으로 숨도 쉬어야 하고 밥도 먹어야 하고……

가을까지 다니며 코안의 상처를 다 때웠습니다.

"어– 어–?"

어렸을 때부터 코피를 워낙 흘려 체육시간에 교실을 지키곤 했고, 빈혈이 오면 선생님께 말씀드리고 교실 밖 벤치에 눕곤 했었는데, 상처를 다 때우고 나서부터 몸에서 이상한 기운이 느껴졌습니다. 그 뒤로 체육시간에 운동장에 나가 어색한 몸짓으로 농구공을 던지기 시작했습니다.

저 고등학교에
안 갈 건데유

심통골의 모든 어른들은 학교 근처에도 가 보지 못한 분들이었습니다. 심통골에선 들에 나가서 일하는 게 중요하지 공부는 그다지 중요하지 않았습니다. 아이들도 공부보다는 산과 들로 쏘다니며 노는 것이 더 재미있었지요. 부모님들도 아이들도 공부에 그다지 신경 쓰지 않았습니다. 흥미가 있는 과목은 공부하고 재미없는 과목은 무시했습니다.

국민학교 6년 중 4학년 때의 성적이 가장 좋았습니다. 우리 반 50명 중 10등을 한 적이 있었습니다. 4학년 때 담임 선생님은 이야기를 무척 좋아하셨습니다. 양길이와 궁예 이야기, 왕건과 견훤 이야기로 하루를 보낸 경우도 많았죠. 이야기해 달라고 하면 언제나 재미난 이야기를 해주셨습니다. 그런데 문제는 중간고사를 보면 다섯 반의 평균이 나온다는 겁니다. 수업을 많이 안 했으니 다섯 반 중에 꼴찌가 될 확률이 높은 상황이었습니다. 그

때는 한글 해독을 못하는 친구들이 있었는지, 시험 볼 때 담임 선생님들이 문제를 읽어주셨습니다.

"자, 모두 준비됐지?"

"자, 국어 읽는다. 1번. 다음 중~"

모두들 잘 들을 수 있도록 큰 소리로 문제를 읽으신 후 1, 2, 3, 4번의 보기도 큰 소리로 읽어주셨습니다. 그런데 뒤에 작은 소리로,

"1번."

하고 말씀하셨습니다. 몇몇 친구들은 들었고, 신경 안 쓴 친구는 못 들었습니다. 그런데 그게 답이었습니다. '아하ー.'

모든 문제의 답을 말씀하시지는 않았고 어려운 문제들의 답을 살짝살짝 말씀하셨습니다. 그걸 잘 받아 적었는데, 반에서 10등이라는 경이로운 성적이 나온 겁니다. 선생님의 이런 비법 덕에 아마 우리 반 성적은 다섯 반 중 중간은 갔을 겁니다. 그 덕에 우리는 선생님의 이야기를 계속 들을 수 있었지요.

중학교는 등교 거리가 꽤 멀어 걸어 다니기 쉽지 않았습니다. 대부분의 친구들은 자전거로 다녔는데 둘째 누님이 자전거를 사주셔서 자전거로 통학할 수 있었습니다. 요즘도 가끔 학교는 가야 하는데 자전거를 잃어버려 허둥대는 꿈을 꿀 때가 있습니다. 지각하는 꿈도 꾸고요.

중학교는 공부량이 아주 많아졌는데, 특히 영어라는 과목이 생겨 아주 괴로웠습니다. 지금은 초등학교 3~4학년이면 학교에서 영어를 접할 수 있지만, 그 당시 시골 학생들은 대부분 중학교 1학년 때 알파벳부터 시작했습

니다. 알파벳까지는 그냥 외웠는데 복잡한 인사로 들어갑니다.

"good morning, good afternoon, good evening"

"아, 그냥 우리나라처럼 '안녕 허슈?', '진지 드셨슈?' 하먼 되지 왜 이리 복잡허댜."

친구들도 많이 공감합니다.

"그런데 왜 영어를 배워야 헌댜?"

"물러."

"나 영어 안 혀."

"나도 안 혀."

상당히 많은 친구들이 'good morning'하다 영어를 포기했습니다.

1학년 영어 선생님은 여자 선생님이었는데, 숙제를 많이 냈습니다.

"갱지에 1과 단어 세 번씩 써와라. 알겠나?"

"예? 예."

'good morning' 하다가 영어를 포기했는데 단어를 써가야 했습니다. 어차피 뜻을 외우기 위한 것은 아니고 숙제 검사 통과를 위해 쓰는 겁니다. 빨강, 파랑, 검은색 볼펜을 테이프로 묶어서 갱지를 채워 나갔습니다. 한 번움직여 세 번씩 쓸 수 있으니 효율 면에서 아주 좋은 방법이었지요. 워낙 많은 애들이 그런 식이니 영어 선생님도 포기했습니다. 그냥 통과입니다.

그런데 집에서 바쁜 일을 해야 하거나 깜빡 잊었거나 하기 싫어서 안 해가는 경우가 있었습니다. 그런 경우는 당당하게 나가서 손바닥을 내밀었습니다. 30센치 자나 대나무 뿌리로 다섯 대 또는 열 대씩 맞았습니다. 맞는

것은 잠시만 참으면 됩니다. 그런데 최악은

"오늘 맞은 사람들, 집에 가기 전까지 다 써내고 가라."고 하시는 겁니다. 아이쿠, 영어를 포기한 학생들에게 이건 좀 가혹한 처사였습니다.

재미있는 국어, 사회, 과학은 거의 100점을 맞은 것 같습니다. 그러나 재미없는 영어와 수학은 40점을 넘어본 적이 한 번도 없었지요. 성적은 우리 반 75명 중 15~20등쯤 되었을 겁니다.

중학교에 들어가면서 아버지의 병세는 급격히 악화되어, 삽교에 있는 성모병원에 입원하는 경우도 있었고, 논에 가셨다 산 중턱에 있는 집으로 못 올라오시는 경우도 많았습니다.

누님 둘은 국민학교를 졸업하고 서울로 돈 벌러 갔고, 집의 일은 엄마와 장남인 나의 몫이었습니다. 물론 바쁠 때는 동생들까지 다 같이 거들지요. 학교가 끝나고 친구들이 오뎅집을 가거나 놀러 갈 때도 집에 와서 일을 해야 했는데, 그때 가장 부러웠던 것은 아버지가 젊거나 형이 있는 친구들이었습니다. 집안에서 농사를 지어야 했기 때문에 고등학교 진학은 암묵적으로 포기한 상태였습니다.

중학교 2학년 11월쯤에 담임 선생님께서 반 친구들을 한 명씩 교무실로 불렀습니다. 내 차례가 되었습니다.

"너는 어느 고등학교에 진학할래."

"저 고등학교에 안 갈 건데유."

"왜 안 가?"

"저 집에서 일해야 돼유."

그때 담임 선생님께서 지휘봉 같은 막대기로 머리를 딱 때렸습니다.

"야, 이놈아. 너는 꿈도 없고 야망도 없어?"

눈물이 핑 돌았습니다. 아픔 때문만은 아니었던 것 같습니다.

"야, 이놈아. 이거 봐라."

담임 선생님이 내민 친구들의 희망 고등학교 목록을 보니, 많은 친구들이 예산고등학교를 희망했고 일부는 천안, 덕산고등학교도 몇 명 있었습니다.

1년 선배들 때부터 내신이 생겨 공부를 잘하는 선배들도 덕산고등학교로 진학하기 시작했지만, 그전 선배들 중에서 공부를 잘하는 경우는 천안북일, 천안중앙, 천안공고, 천안상고 쪽으로 가고 예산고등학교로도 많이 진학했습니다. 덕산중학교와 덕산고등학교는 병설이었는데, 공부 잘하는 학생이 덕산고등학교로 진학하는 경우는 드물었습니다.

교무실을 나오는데 오기가 생겼습니다.

"에이 씨, 나 공부한다. 고등학교는 안 가지만, 니들 다 떼어놓고 말겠다."

일요일에 버스로 홍성 조양문 옆에 있는 헌책방에 갔습니다. 1, 2학년 영어와 수학 완전정복을 사고, 그간 고입 문제 정리한 두툼한 책 한 권을 샀습니다. 두툼한 해적판 헌책인 『레미제라블』과 『백경』도 500원씩 주고 샀고요. 그해 겨울에 아버지의 솜바지와 두툼한 털 잠바를 입고 방 안에 틀어박혀 수학과 영어 완전정복을 1학년 1학기 것부터 보았습니다. 애매한 것은 무조건 외웠죠. 미술 변천사는 '고전주의, 낭만주의, 자연주의, 사실주의'의 첫 자만 따서 '고낭자사 인신후야 입표초추미'로 외워버렸습니다. '고구려는 소수림왕 때 순도에 의해 불교가 전래되었다.'를 '고소순도, 백침마라

난타, 신눌묵호자'로 축약시켜 외워버렸는데, 아직도 또렷이 외울 수 있습니다.

3학년 첫 모의고사를 보았는데 우리 반 75명 중 3등이었습니다. 담임 선생님은 커닝을 의심했지만 제 주위에 커닝할 대상은 없었습니다. 한번 성적이 오르니 떨어지기 싫었습니다. 당시는 보충수업과 야간 자율학습이 없었습니다. 여름방학 때 집에 일이 있을 땐 일을 하고 일이 없을 땐 무조건 자전거를 타고 학교로 갔습니다. 여름방학 내내 세 명이서 학교를 지켰습니다. 가을에 고입원서를 쓰기 시작했습니다.

"너는 옛날 대전고등학교 갈 정도는 되겠다. 어디로 갈래."

"저 고등학교 안 가유."

결국은 원서 마감일까지 원서를 못 썼습니다.

원서 마감 뒷날 교장 선생님께서 부르셨습니다.

"너 집안 사정 어려운 거 아는데, 3년 장학금 줄 테니 덕산고등학교로 와라."

"……."

교장 선생님의 장학금 제안에 덕산고등학교로 진학하게 되었습니다. 그런데 3년간 장학금은 한 푼도 주시지 않았습니다. 장학금은 못 받았지만, 어쩌면 교장 선생님의 그 선의의 거짓말 때문에 지금의 제가 있을 거란 생각을 해봅니다.

한 살 먹기 어려웠던 시절
히히히, 저 아줌마들 엉덩이 좀 봐
워치기, 이장 허얄까유?
금슬이 너무 좋아도 못쓰것어. 저를 위째
아이고 우리 이쁜 학원이가 노래도 잘 부르네
얘들아, 오늘 만두 만들어 먹자
병에 안 걸리는 돼지는 없을까?
임종을 보는 사람은 다 따로 있는 겨

사람 이야기

한 살 먹기
어려웠던 시절

여섯 살 위의 누나가 둘 있었는데, 둘은 동갑으로 배다른 어머니에게서 태어난 사이였습니다. 큰누나는 아버지와 돌아가신 큰누나의 어머님 사이에서 태어났고, 둘째 누나는 남편과 사별하고 홀로 된 엄마가 데리고 온 딸이었습니다. 그러니까 동갑내기 딸 하나씩 둔 홀아비와 과부가 합쳐 한 가정을 이룬 것이지요.

아버지는 미남이었고 카랑카랑한 목소리로 노래를 잘했으며 신명이 좋아 동네에서 풍물을 칠 때 상쇠 역할을 했고, 씨름판에서도 곧잘 두각을 나타냈다고 합니다. 그 덕에 동네에서 가장 예뻤던 처녀와 결혼했고, 결혼 후 심통골에서 신혼생활을 시작했다고 합니다. 모내기철에 아버지는 삽교의 작은아버지 댁으로 모내기를 하러 가셨습니다. 아침에 집에서 나올 때 부인이 몸이 안 좋다고 하는 말을 들었지만, 동생네 집에 모내기를 하러 가기로 약속했기 때문에 집을 비울 수밖에 없었습니다. 한창 모내기하던 중에 아버지는 부인이 죽었다는 청천벽력과 같은 소리를 들었다고 합니다. 당시 26살의 앳된 신부는 어린 딸을 남기고 곽란(霍亂)으로 급사한 것입니다. '오늘 모내기하러 가지만 않았다면 사고를 막을 수 있었을 텐데…….' 아버지는 억장이 무너졌지만 후회해도 소용없는 일이었고, 당시 풍습에 의해 주변 분들의 도움을 받아 그날로 부인을 뒷산에 묻었습니다.

엄마는 서울에서 공무원을 하던 분과 결혼하여 누나를 낳는데, 남편분이 뇌염에 걸려서 돌아가시는 바람에 누나를 데리고 홍성으로 돌아와 외가댁 근처에서 어렵게 사셨다고 합니다.

비탄에 잠긴 아버지는 술로 슬픔을 달래었고, 아버지의 사정을 잘 아시던 덕산 읍내에 사시던 이모부가 홍성에서 딸 하나를 데리고 혼자 살고 있던 자기 처제를 소개해, 네 살짜리 딸을 가진 두 사람이 만나 새 가정을 꾸리게 되었습니다.

딸 둘이 있던 새 가정에 아들이 태어났으니 주변으로부터 많은 축복을 받았을 것입니다. 그런데 원래 나이보다 한 살이 적습니다.

"엄마, 왜 제 나이는 한 살이 줄었어요?"

"응 원래 한 살이 많은 네 형이 있었어. 그런데 태어나서 얼마 후에 죽었단다. 그 후 네가 태어났는데 혹시 또 죽을지 몰라 1년을 기다렸지. 그때는 다들 태어난 후 1, 2년을 기다리다 죽지 않으면 호적에 올렸단다."

내가 태어날 때의 광경이 어땠는지 기억하지 못합니다. 그런데 둘째 동생이 태어날 때의 모습과 비슷하지 않았을까 추측해 봅니다. 두 살 터울의 여동생이 있고, 다섯 살 아래의 막내 남동생이 있는데, 막내 동생이 태어날 때의 기억이 남아 있습니다.

안방과 윗방은 서로 왕래할 수 있게 트여 있었는데, 안방에서는 아버지, 엄마와 여동생과 내가 잤고, 윗방에서는 두 누나들이 잤습니다. 어느 날 새벽에 두런두런하는 소리에 잠에서 깨니 희미한 등잔 불빛 속에서 아버지가 엄마의 발치께서 움직이고 계셨고, 윗방 문지방에 기대어 두 누나들이 안방을 바라보고 있었습니다.

"애들아 부엌에 가서 뜨건 물 퍼오고 마른 수건도 가져와라."

아버지가 열한 살 누나들에게 이런저런 지시를 하고 있었습니다.

"허허허, 호두다 호두. 호두 달고 나왔다."

다음 날 아버지는 숯과 고추를 새끼줄에 끼운 금줄을 만들어 안마당 입구에 걸고, 내 손을 잡고 개울 너머에 있는 민둥산으로 잔대를 캐러 갔습니다. 엄마가 드실 미역국을 끊일 때 넣기 위해서였지요. 당시는 주변 산들의 나무가 어린 내 키보다 작은 헐벗은 모습이었는데, 잔대는 이런 곳에서 잘 자랐습니다. 잔대를 캐고 내려오다 덕산 읍내 쪽을 보니 예당평야 위로 쌍무지개가 걸려 있었습니다.

히히히, 저 아줌마들
엉덩이 좀 봐

벼를 탈곡하여 알곡을 뒤주에 넣어두고 집 옆에 큼지막한 짚누리를 쌓아 놓고 나면 넉넉한 마음으로 추위를 기다릴 수 있는 농한기가 시작됩니다. 그렇지만 농한기라 해서 마냥 쉴 수만은 없었는데, 가장 시급한 것은 겨울 추위를 녹이고 쇠죽을 끓일 수 있는 땔감을 장만하는 것이었습니다. 연탄이 있다지만 그건 길이 잘 닦여 있는 덕산 읍내에서나 땔 수 있는 것이고, 모든 것을 등짐으로 져 날라야 하는 산골 마을에는 공짜로 연탄을 준다 해도 가져올 수 없는 무용지물이었고, 덕산 읍내에서도 연탄을 때기에 경제적 어려움을 겪는 사람들은 온돌에 불을 지필 나무가 필요했습니다. 농촌에서 가장 쉽게 구할 수 있는 땔감은 볏짚이었지만, 볏짚은 소먹이로 써야 했고 초가집 나래(이엉)를 엮어야 했기에 땔감으로 소비할 수만은 없었습니다.

심통골의 다섯 집은 모두 산 아래에 자리 잡고 있었기 때문에 땔감은 뒷산에서 손쉽게 해결할 수 있었지만, 덕산 읍내에 사는 사람들은 땔감을 구하기 위해 먼 거리를 걸어서 산에까지 가야 했습니다. 심통골을 둘러싸고 있는 산은 다섯 가구가 암묵적으로 경계를 정해 나뭇터를 관리하고 있었기 때문에 읍내에서 나무하러 온 사람들은 그 경계의 바깥에서 나무를 할 수밖에 없었습니다. 읍내에서 심통골로 나무하러 오는 분들은 두 갈래 길로 갈 수밖에 없었는데, 한 길은 원호형네가 있는 무치기를 지나 산 정상을 넘어가는 길이고, 한 길은 우리 집 개울 건너로 난 길을 지나 민둥산을 넘어가는 길입니다. 두 길을 지나 산 뒤쪽으로 가면 멀리 보덕사를 지나 서원산 정상까지 넓은 산이 펼쳐져 있는데 대부분의 읍내 사람들은 이곳에서 땔감을 해결하였습니다.

겨울날 아침이 되면 덕산 읍내에서 나무하러 온 분들이 개울 건너 산길로 오르면서 두런두런 주고받는 말소리가 들려옵니다. 대부분 두세 명씩 짝을 지어 산을 오르는데, 청년들은 청년들끼리, 아저씨들은 아저씨들끼리, 아주머니들은 아주머니들끼리 연배가 비슷한 사람들이 함께 모여 산을 오릅니다.

한나절이 지나 늦은 점심시간 때쯤이 되면 산등성이에서부터 사람들의 말소리가 들려오기 시작하는데, 나뭇짐을 지고 인 사람들이 빠른 리듬에 맞춰 산길을 내려오면서 주고받는 이야기들입니다. 산길을 내려온 나뭇꾼들은 개울 건너에다 나뭇짐을 바치고 개울 옆에 있는 우물에서 마른 목과

고픈 배를 몇 모금의 시원한 샘물로 해결하고 잠시 쉬며 왁자지껄 웃음꽃을 피웁니다. 남자들은 나뭇짐을 만들어 지게로 지고, 여자들은 나무 동이를 만들어 머리에 이는데 나뭇짐과 나무 동이의 크기도 모양도 다 제각각입니다. 똑같은 시간 동안 나무를 해도 많이 한 사람과 적게 한 사람이 있고, 힘이 세냐 좀 약하냐에 따라 나뭇짐과 나무 동이의 크기도 달라집니다.

읍내까지 갈 길이 멀기 때문에 잠시 쉰 후 모두들 다시 나뭇짐을 이고 지고 출발하는데, 천천히 걸어가는 게 아니라 경보 선수들처럼 착착착 리듬에 맞춰 빠른 속보로 걸어갑니다.

"히히히, 저 아줌마들 엉덩이 좀 봐."

아저씨들의 빠른 걸음걸이에 나뭇짐도 리듬에 맞춰 춤을 추는데, 특히 무거운 나무 동이를 머리에 이고 빠른 속보로 걸어가는 아주머니들의 씰룩거리는 엉덩이를 볼 때마다 우리들은 히히덕거리며 웃곤 했습니다. 대부분은 하루에 한 차례로 끝났지만 더러는 오후에 또 한 차례 나뭇짐을 지고 가는 사람도 있었습니다.

그 어려운 나뭇짐을 운반하면서도 왁자지껄 항상 밝은 웃음을 주고받을 수 있었던 것은 어려운 일일지라도 혼자 하지 않고 여럿이 같이하기 때문이었을 것입니다.

워치기,
이장 허얄까유?

　창복이 아저씨는 심통골 할머니를 모시고 큰 살구나무가 있는 집에 살고 있었습니다. 창복이 아저씨는 심통골 할머니의 막내아들로 한산 이 씨이고 아버지와 같은 복(馥) 자 항렬로 우리와는 먼 친척이었죠. 창복이 아저씨는 몸이 아주 약했는데, 특히 옻을 심하게 탔습니다. 창복이 아저씨가 짓는 농토는 논이 대략 두세 마지기, 밭이 5~6백 평 정도 되었습니다. 창복이 아저씨가 짓는 논둑에 옻나무가 한 그루 있었는데, 옻나무 쪽에서 부는 바람만 맞아도 아저씨는 두드러기가 생겨 고생하셨죠.

　창복이 아저씨가 장가를 가셨는데 신랑은 사모관대 차림으로, 신부는 족두리를 쓰고 집에서 결혼식을 올렸습니다. 안마당에서 결혼식을 올렸는데, 잔치 음식 중에 동네 아줌마들이 맷돌에 갈아 만들었던 녹두빈대떡의 고소한 맛이 아직도 기억에 남아 있습니다.

몸이 약했던 창복이 아저씨는 농사일을 힘들어해 심통골의 논밭을 누님이었던 문환이 어머님에게 드리고 심통골 할머니와 부인과 갓난아기와 함께 예산 시내로 이사 가셨습니다. 아저씨는 예산으로 가서서 시계 외판원을 하셨는데, 고향 생각이 나거나 상의할 문제가 있으면 우리 집에 찾아오셔서 아버지와 많은 이야기를 나누곤 하셨죠.

예산으로 가신 지 얼마 안 되어 심통골 할머니가 돌아가셔서 심통골의 어른들이 예산으로 문상 가셨고, 엄마는 며칠 상갓집 일을 거들고 오셨습니다.

"그런데 왠지 할머니 관을 모신 방에 들어가기가 꺼림칙허데."

"그려, 나도 그 방에 들어갔다 나올 때는 머리가 쭈뼛쭈뼛혀서 자꾸 되돌아보게 되더라구."

"그 집 어린애가 잘 놀다가도 그 방에만 들어가면 자지러지게 울었잖어."

"맞어. 관 위쪽을 가리키며 뭐가 있다고 울더라고."

심통골 할머니는 문환이네가 농사짓고 있던 창복이 아저씨네 밭에 모셔졌는데, 아리랑 고개에서 집으로 오는 길가에 있었습니다.

심통골 할머니가 돌아가시고 난 후 창복이 아저씨가 아버지를 찾아오시는 빈도가 잦아졌습니다. 여름에도 양복을 입으시고 커다란 괘종시계를 메고 찾아오셨습니다.

"형님, 요새 밤만 되면 잠자리가 뒤숭숭허네유."

"왜?"

"아, 돌아가신 어머님이 매일 밤 꿈속에 나타나서 답답허다고 묶은 것 좀 풀어 달라고 허시네유."

"……."

"워치기, 이장혀야 헐까유?"

"어머님 허고 정이 너무 깊어서 정 떼느라고 그럴 껴. 시간이 가면 괜찮을 껴."

그런데 창복이 아저씨 댁으로 이사 오신 심통골 할머니의 사위 문환이 아버님도 아버지에게 비슷한 소리를 하셨습니다.

"아무래도 장모님 묘에 물이 찼나 벼. 매일 꿈속에 나타나네."

"글쎄, 왜 그렇댜?"

"아무래도 이장을 허얄 것 같은디."

병명은 기억이 나지 않는데, 얼마 후에 창복이 아저씨가 앓아누웠다는 말이 들렸습니다. 아버지도 병문안을 다녀오셨는데, 창복이 아저씨는 얼마 후에 돌아가셔서 아리랑 고개로 가는 길가에 있는 심통골 할머니의 묘 옆에 나란히 모셔졌습니다.

집에서 아리랑 고개로 가는 길은 심통골 할머니와 창복이 아저씨의 묘 앞으로 난 길을 지나 산 쪽으로 돌아 나가는데, 묘지 아래 산모롱이에 깊은 방죽이 있었습니다.

창복이 아저씨의 묘가 새로 조성된 뒤부터 늦은 시간에 산모롱이에 있는 시퍼런 물빛의 방죽과 심통골 할머니와 창복이 아저씨의 묘 사이로 난 길을 지날 때면 몇 번씩 뒤를 돌아보는 습관이 생겼습니다. 발걸음도 빨라지고.

금슬이 너무 좋아도 못쓰것어.
저를 워째

어이, 이 사람

자네 죽어 밤꽃 피는 유월의 산

거기 둥그렇게 잠들더니

내 죽어 밤꽃 피는 유월의 산

여기 묻혀

살아서나 죽어서나

우리 서로 바라보겠네.

……

어이 이 사람아

우리 땅속에 들어서야

우리 이제 일 없네그려

허지만 이 사람아

무겁네 무겁네 혀도

살아서나 죽어서나

농사꾼은 그저 흙짐이

제일 무거우이.

ㅡ 김용택, 「밤꽃 피는 유월에」 중에서

창복이 아저씨가 심통골 할머니를 모시고 예산으로 이사 가신 후 심통골 할머니 댁엔 창복이 아저씨의 누님인 문환이 어머님 가족이 사동리에서 이사 오셨습니다.

"우리 집에 딸 하나만 태어나면 공주보다 더 행복허게 혀 줄 수 있는 디……."

문환이 아버님이 수시로 하셨던 말씀입니다. 문환이 부모님은 딸 하나 낳고 싶어 아이를 계속 낳으셨는데, 아들만 여덟째까지 낳으시고 끝내 딸을 낳지는 못하셨습니다.

문환이는 나와 같은 나이로 4학년 때 이사 왔는데 봄철에 저수지 가의 논에서 자고 있는 물고기를 횃불을 밝히고 잡는 법, 내를 거슬러 오르는 물고기를 잡는 법, 참나무 아래를 뒤져 찝개벌레(사슴벌레) 잡는 법 등을 가르쳐 주었고, 뱀 잡으러 갈 때나 저수지로 헤엄치러 갈 때도 항상 같이 다녔던 친구였습니다.

문환이의 첫째 형과 둘째 형은 이사 오기 전에 직장을 잡아 타지로 나갔고, 셋째 형은 심통골의 멋쟁이였습니다. 심통골 최초로 자전거를 타고 나타났고, 멋진 옷을 빼입고 오토바이를 타고 다니기도 했죠. 넷째 형인 석환이 형은 손재주가 뛰어나 서예대회에서 덕산 국민학교 전교 1등을 했었죠. 문환이 바로 아래에 두 살 터울로 일환이가 있었는데 일환이는 대부분 우리와 같이 쏘다녔습니다.

어렸을 때 했던 가장 스릴 넘치는 놀이 중 하나는 오빠시(땅벌)와 왕팅이(말벌) 집 건드리기인데, 왕팅이 집에 돌을 던져 벌을 화나게 하거나 땅벌 집 입구에 돌을 던지거나 땅벌 집 입구를 나무로 쑤시고 도망가곤 했습니다. 어느 날 일환이가 왕팅이 집에 돌을 던졌습니다. 무시무시한 벌이 날아올 때마다 요령껏 피해 아주 의기양양했었죠. 그런데 아뿔싸! 뒤쪽에서 날아오는 벌을 못 보아 왕팅이에게 뒤통수를 쏘였죠. 왕팅이에게 쏘이면 머리가 빠개진다고 했는데, 머리가 빠개지지는 않았지만 얼굴이 심하게 일그러진 모습으로 한동안 고생을 많이 했습니다.

일환이 아래 두 살 터울로 기환이가 있었고 막내로 주환이가 있었죠. 예전에 어른들이 일하시다가 목이 컬컬하면 애들을 시켜 막걸리를 받아오게 했습니다. 국민학교 1학년이었던 주환이도 아버지의 막걸리 심부름을 갔었습니다. 주전자를 가지고 아리랑 고개 윤복이 아저씨네에 가서 막걸리를 받아오는 것이었죠. 그런데 시간이 되어도 오지 않아 식구들이 찾아 나섰는데 주환이는 막걸리 냄새를 풍기며 양지쪽 따뜻한 묘지 앞에 큰대자로 곯아떨어져 있었습니다.

문환이네는 창복이 아저씨가 짓던 농사를 지었는데, 얼마 안 되는 농사

225

로는 많은 식구들의 먹거리를 해결할 수가 없었습니다. 문환이 부모님은 농번기에는 다른 집의 일손을 도와 품삯을 받으시고 농한기에는 부업을 하셨습니다. 손재주가 아주 좋으셨는데 주로 가마솥이나 그릇을 닦을 때 쓰는 솔과 싸리나무로 광주리나 채반을 만드셨습니다.

요즘은 철 수세미나 화학섬유로 만든 수세미를 사용하지만 문환이 부모님이 만드시는 솔은 아주 옛날부터 사용되었던 친환경 제품이었습니다. 솔은 억센 뿌리로 만드는데, 검은 솔과 흰 솔 두 종류가 있었습니다. 검은 솔을 만들기 위해선 덤불로 가야 합니다. 덤불에 가면 청미래덩굴과 비슷한데 잎이 좀 작고 잔가시가 많은 청가시덩굴이란 덩굴식물이 있습니다. 이 덩굴을 캐면 검고 억센 뿌리가 나오는데 이 뿌리로 검은 솔을 만듭니다.

흰 솔은 억새가 자라는 곳에 가면 억새보다 좀 작은 다년생 풀이 자라는데 이 풀뿌리는 흰색이며 빳빳합니다. 솔을 맬 때는 길게 옆으로 뻗는 적송의 뿌리를 쓰는데, 솔뿌리를 반으로 갈라서 이 소나무 뿌리로 칭칭 감아 솔을 만듭니다. 억센 검은 솔은 가마솥 같은 것을 닦는 데 쓰고, 흰 솔은 양재기나 작은 그릇을 닦을 때 썼죠.

7, 8월쯤 산에 가면 옆가지를 치지 않은 반듯한 싸리나무가 있는데, 이 싸리나무를 베어다 삶거나 물에 담가 껍질을 벗깁니다. 이 껍질을 벗긴 싸리나무로 채반과 광주리를 만들었지요. 문환이 부모님은 식구들이 베어 온 싸리나무로 채반과 광주리를 만들어 시장에 팔기도 하고, 주변 사람들이 베어 온 것으로 만들어 주고 삯을 받기도 했지요.

여름이 되면 문환이 부모님은 바람이 잘 통하도록 대문을 열어두시고,

대문 안에서 광주리 만드는 작업을 하셨습니다. 대문 안에서 바라보면 심통골 들판이 바라보이고, 집 앞으로 난 길로 다니는 사람들이 한눈에 들어옵니다. 작업을 하다 사람들이 지나가면 반드시 부릅니다.

"학원 엄마, 워디 가신대유? 이리 와서 시원한 물 한잔 드시구 가셔유."

막걸리가 있으면 막걸리 한잔을 권하고, 무가 있으면 무 한쪽을 권하고, 참외가 있으면 참외 한쪽을 권합니다. 이도 저도 없으면 펌프로 길어 올린 시원한 물 한 대접을 권하지요. 문환이 아버님은 하루하루 생활이 힘들어도, '쿵쿵! 그까짓 거, 내가 맘만 먹으면—' 하고 항상 자신감에 찬 말투로 하루하루를 살아가셨죠.

문환이와 석유를 찍어 밝히는 솜방망이 횃불을 들고 개골에 있는 저수지로 물고기를 잡으러 갑니다. 붕어를 잡기도 하고 쪼그만 놈이 제 키보다 더 큰 수염을 달고 있는 '세상에서 가장 건방진 물고기'인 메기 새끼하고 놀다 보면 시간이 후딱 지나갑니다. 늦은 시간에 집에 가면 대문을 열어 달라고 부모님을 깨워야 하기 때문에 염치불고하고 문환이 동생들 사이에 끼어서 잠을 청합니다. 곤히 자다 다음날 깨어보면 아침 시간이었습니다. 문환이네에서 집까지는 걸어서 15분, 뛰어서 10분이면 충분한 거리인데, 문환이 어머님은 문환이와 겸상을 차려 주십니다.

"아침 먹고 가라."

당시 문환이네는 식구가 많아 상 차리기도 힘드셨을 텐데 또 다른 상을 차려 주셨습니다. 식량 사정도 그리 넉넉하지 못한 형편이었는데…….

모내기 철이 되면 모두들 정신없이 바쁩니다. 아마 1년 농사철 중 모내

227

기 철의 하루가 가장 길 겁니다. 모내기 철은 고사리와 같은 산나물 뜯는 시기와 겹칩니다. 79년의 모내기 철도 심통골 어른들에게 고된 하루하루였습니다. 며칠을 일에 쫓겨 보내다 모처럼 일이 없는 날 아침에, 문환이 어머님은 앞치마와 자루를 챙겨 집을 나섰습니다. 그런데 그것을 보고 문환이 아버님이 타박조로 말씀하셨습니다.

"모처럼 하루 쉬는데 오늘 산에 가지 말지."

"요새 고사리 많이 나는 때라 개골 사람들하고 같이 가기로 했슈."

문환이 어머님은 길을 나섰습니다.

"아, 가지 말라면 가질 말어!"

"왜 화내신 데유, 알었슈. 안 가면 되쥬."

문환이 아버님은 사랑방으로 들어가셨습니다. 잠시 후에 문환이 아버님은 창문 한쪽에 밖을 내다보기 위해 달아 놓은 유리를 통해 밖을 내다보셨습니다. 그런데 문환이 어머님이 나물 담을 자루를 옆구리에 끼고 아리랑 고개 쪽으로 바쁘게 달려가고 계셨습니다.

"쯧쯧쯧!"

문환이 어머님은 개골의 몇몇 어머니들과 중개골 쪽의 개산으로 들어가 고사리를 꺾기 시작했습니다. 산으로 들어갈 땐 같이 들어갔지만 고사리를 따라가며 꺾다가 다른 사람들과 떨어져 혼자 고사리를 꺾고 있었습니다. 그러다 낙엽을 밟고 쭐떡 뒤로 미끄러지셨습니다. 미끄러지며 오른손으로 땅을 짚었는데 손목 쪽에 따끔하는 느낌을 받았습니다.

"에그머니나!"

하필 손을 짚은 장소에 독사가 있었고, 독사는 자기 몸을 누르는 손을 반사적으로 물었는데, 손목의 핏줄을 물었습니다. 어머님은 독사를 떼어 낸 후에 입으로 상처 부위를 빨았습니다. 그런데 고된 모내기로 입안이 헤져 입안으로 확 독기가 느껴졌습니다. 어머님은 구르다시피 정신없이 산을 내려갔습니다. 다행히 얼마 안 가 친구인 용송이네 집이 있었습니다.

마침 용송이 형님이 마당에서 일하고 있다가 아주머니가 정신없이 내려오는 걸 보고 깜짝 놀라 물었습니다.

"아주머니 왜 그러슈?"

"잉, 나 뱀 물렸네."

"예? 아이고 워쩐댜."

당시에는 마을에 전화 있는 집도 드물었고, 시내에 119도 없었죠.

"어서 타슈."

"아이고 고맙네."

용송이 형님은 리어카에 문환이 어머님을 태우고 비포장도로를 달려 덕산보건소로 갔습니다. 그러나 그곳엔 해독제가 없었습니다. 덕산 보건소에서 택시를 불러 홍성 도립병원으로 문환이 어머님을 모셨습니다.

저녁에 동네 어른들과 엄마가 도립병원에 다녀오셨습니다.

"에구 온몸이 시퍼렇데."

"사람은 알아보시던감?"

"손을 잡더니 모기 같은 소리로 '괜찮어. 나 해독제 맞었어.'라고 허대유."

다음날 문환이 어머님은 차가운 시신으로 심통골로 돌아오셨습니다.

229

"아이고 이 사람아, 간밤에 꿈자리가 뒤숭숭혀서 가지 말라고 헌 건디. 그여 이 가더니……, 흑흑."

문환이 아버님이 흐느끼셨습니다.

문환이 어머님을 모신 상여는 동네 사람들의 흐느낌 속에 심통골 아랫길을 한 바퀴 돌아 어머니인 심통골 할머니와 남동생인 창복이 아저씨의 옆에 모셔졌습니다. 49세라는 젊은 나이였습니다.

그런데 그날부터 문환이 아버님이 식사를 끊으셨습니다. 집에서는 막걸리만 드시고 날만 밝으면 부인의 묘로 달려갔습니다.

"어보오-, 나 왔소. 어보오-, 흑흑"

"에구구, 금슬이 그렇게 좋더니 저를 워쩐댜."

"금슬이 너무 좋아도 못쓰것어. 저를 워째."

얼마 후에 문환이 아버님은 몸져누우셨습니다.

식구들의 식사는 문환이가 챙기게 됐죠. 문환이가 흰죽을 쑤어서 방안으로 들어가 아버님을 일으켜드립니다.

"아버지, 정신 채리셔유. 일어나서 식사 드셔야쥬."

"응, 응."

일어나 앉으셨지만 먼 곳을 응시하시다가 돌아보시며

"학원이 왔냐?"

흰죽은 입에도 안 대시고 막걸리만 한 잔 드시고 또 누우십니다.

결국 곡기를 끊고 막걸리만 드시던 문환이 아버님은 국민학교에 다니는 아들 넷을 남겨 두고 문환이 어머님이 돌아가신 지 꼭 한 달 만에 부인 옆으로 가셨습니다.

아이고 우리 이쁜 학원이가
노래도 잘 부르네

총각 총각 삽다리 총각

꽃산의 진달래 손짓을 하는데

장가는 안가고 날일만 할텐가

개갈이 안나네 개갈이 안나

주래뜰 논두렁 개갈이 안나~

– 추식 작사, 〈삽다리 총각〉 중에서

아버지와 엄마가 콩 바심하는 바깥마당에서 당시 라디오에서 방송되던 연속극의 주제가 〈삽다리 총각〉을 부르며 놀고 있는데 충균이 할머니가 오셨습니다.

"아이고 우리 이쁜 학원이가 노래도 잘 부르네."

"아주머니 오셨슈?"

"워치기 콩은 잘 영글었남유?"

"예, 괜찮네유."

"더운디 이거 시원한 물에 타서 학원이랑 드셔 봐유."

"이게 뭐래유?"

"서울서 가지고 온 흑설탕유."

"아이고 오실 때마다 이런 걸 가지고 오신데유."

충균이 할머니는 옆집에 사시는데 누나들 친구인 막내딸과 함께 살고 있었습니다. 충균이 할아버지는 서울 신탁은행에 다니시고, 큰아들인 충균이 아버지는 종로에 있는 소아과에서 약사로 계셨고, 둘째 아들인 충균이 작은아버지도 할아버지와 같이 신탁은행에 다녔고, 충균이의 두 삼촌과 두 고모도 서울에서 사셨습니다.

충균이 할머니는 시간이 날 때마다 옆집인 우리 집에 들르셔서 개복숭아가 날 때면 개복숭아를 드시고, 아버지가 연한 시엉을 꺾어오면 얼굴을 찡그리시며 신맛의 시엉을 잡수시며 이런저런 얘기를 하셨고, 서울서 귀한 식품이 오면 꼭 가지고 오셨습니다. 엄마와 아버지는 집에 중요한 일이 있을 때면 충균이 할머니와 상의드리곤 했는데, 이웃사촌이란 말처럼 우리 집에 가장 든든한 어른이셨습니다.

여섯 살 되던 해에 충균이 할머니와 국민학교 5학년이었던 충균이 막내 고모는 충균이 할아버지와 충균이 아버지가 사시는 서울 은평구로 떠나셨고, 할머니가 사시던 집으로 우리가 이사 가게 되었습니다.

흙벽돌로 지은 초가집이었는데 방도 세 개나 되고 넓은 마루와 대청, 뒤주, 외양간, 헛간, 닭집, 화단까지 잘 갖추어진 심통골에서 가장 널찍하고 튼튼한 집이었는데, 대문을 닫으면 외부와 완전히 차단되어 살쾡이 같은 날렵한 산짐승들도 감히 들어올 수 없는 철옹성이 되었습니다.

충균이 증조부께서 충균이 삼촌, 고모들과 직접 황토로 흙벽돌을 찍으셔서 지으셨다는데, 주변에 있는 밤나무, 감나무, 호두나무, 은행나무 등도 그때 심으신 것이라고 합니다.

충균이 할머니는 방학이 되면 손자인 충균이를 데리고 내려오셔서 며칠 지내시다가 나를 데리고 서울로 올라가시곤 하셨습니다. 삽교에서 사람들로 만원인 완행열차를 타고 삶은 계란을 먹으며 창밖 풍경을 구경하는 동안 서울역에 도착했습니다. 서울역에서 버스를 두 번 갈아타고 북한산 자락의 은평구 진관외동에 있는 버스 종점인 기지촌에서 내려 조금만 걸어가면 충균네가 있었습니다.

서울이지만 산자락에 위치하여 집 앞에는 밭이 있고 집 아래쪽으로는 논이 펼쳐져 있는 동네였는데, 장남인 충균이 아버님과 차남인 충균이 작은 아버님은 앞 뒤 집으로 붙어 있는 집에 사셨습니다. 뒷집에선 충균이 할아버님을 모시고 앞집인 충균네 집에선 할머니가 사셨습니다. 집이 그리 넓은 편이 아닌데도 방학만 되면 '우리 학원이'라 부르시며 서울 집으로 데려가셨는데, 충균이 할아버지와 부모님도 항상 자상하고 조용한 목소리로 부드럽게 대해주셔서 편안한 마음으로 지낼 수 있었습니다.

충균이는 장남으로 아래로 여동생인 분균이가 있고 남동생인 예균이가 있었고, 우리 집도 여동생과 남동생이 있었는데, 충균이는 나보다 한 살이 적었지만 친구로 지냈고, 여동생들은 여동생들끼리, 남동생들은 남동생들끼리 친구로 지냈습니다. 충균이가

"할아버지가 고향을 잊으면 안 된다고 내 이름을 충균이라 지으셨고, 막내 동생 이름을 예균이라 지으셨어. 만약 남동생이 또 태어났으면 덕균이라 지으셨을 거야."

라고 말했는데, 고향인 충남(忠南) 예산군(禮山郡) 덕산면(德山面)을 염두에 두고 손자들의 이름을 지으신 것이었습니다.

"우리나라에서 가장 높은 산이 무슨 산이지?"

"백두산."

"그럼 둘째로 높은 산은?"

"한라산"

"아닌데, 우리 지리부도 찾아보자. 여기 봐. 백두산은 2,744m, 두 번째는 관모봉 2,541m, 세 번째는 북수백산 2,522m."

"야! 북쪽에 2,000m 넘는 산이 아주 많은데."

"그럼 세계 4대 평원은?"

"글쎄~"

"여기 봐봐. 아르헨티나의 이 넓은 지역을 팜파스라고 하고, 브라질의 이 파란 부분은 셀파스, 미국 동쪽의 이 파란 부분을 프레리라고 하고, 소련의 이 파란 지방을 우크라이나의 흑토지대라고 하는데 이 네 곳이 세계의 4대 평원이고 곡식이 많이 생산되는 곳이래,"

충균이는 지리에 해박한 지식을 가지고 있었습니다. 충균이의 영향으로 지리부도를 자주 보게 되었고 지리부도로 세계의 이 나라 저 나라를 찾아보며 다양한 상상을 하곤 했습니다. 지리부도를 펴놓고 있으면 시간 가는 줄 몰랐습니다. '훗날 성공하면 꼭 세계 일주를 해보고 싶다'는 생각을 하곤 했는데, 아직 실천하지는 못했습니다.

충균이 할머니 덕에 어린이 대공원도 가보고, 산을 좋아하시는 충균이 할아버지 덕에 북한산에도 올랐으며, 충균이 아버님이 일하시는 종로에도 가보고, 충균이와 서울 이곳저곳을 둘러볼 수 있었습니다.

심통골에서 이사하여 북문리에 살 때까지는 충균이와 편지도 주고받으며 왕래했었는데, 아버지가 돌아가시고 덕산을 떠나면서 왕래가 끊겼습니다.

피붙이도 아니면서 고향에서 같이 살았었다는 사실만으로 우리 가족을 친척 이상으로 대해주셨던 할머니와 할아버지께 돌아가실 때까지 감사하다는 인사 한 번 못 드렸습니다. 3대가 지내기도 좁은 집인데 방학 때마다 불러주어 충균이와 함께 서울 이곳저곳을 돌아다니도록 배려해주셨던 충균이 부모님께도 아직 인사를 못 드렸습니다. 더 늦기 전에 조만간 찾아뵙고 감사의 인사를 올려야겠습니다.

목장집 준기형

애들아, 오늘
만두 만들어 먹자

내 마음 나도 모르게 꿈같은 구름타고

천사가 미소를 짓는 지평선을 날으네.

......

— 안길웅, 〈애모의 노래〉

국민학교 4학년 때 문환네 뒷산에서 〈애모의 노래〉 노랫소리가 들렸습니다.

"저 청년 참 대단 혀. 매일 혼자 나무를 베면서도 뭐가 그리 즐거운지 노래까지 부르고."

"겁도 읍서. 저 무덤 많은 산속에서 혼자 잔다잖어."

날씨가 풀린 뒤부터 덕산 읍내에 사는 준기형이 혼자 와서 문환 네 뒷산의 나무들을 베기 시작했습니다. 그 산은 원래 문환네서 나무를 해 때던 나무터였기 때문에 문환 네서 항의를 했었지만, 읍내에 사는 전주 이 씨의 종산이라서 더 이상 뭐라 할 수 있는 상황이 못 되었습니다. 준기형은 전주 이씨로 종산을 개발하고 있는 것입니다.

어느 날 문환이하고 형이 일하는 곳에 가봤는데, 저녁이 되니 묘 옆에다 국방색의 야전침대를 펴고 그곳에서 누울 준비를 하고 있었습니다.

"밤에 무섭지 안어유?"

"짜아식, 무섭기는 뭐가 무서워. 니들도 같이 자볼래?"

"싫유!"

"허허."

나무를 어느 정도 벤 후에는 리어카가 다닐 수 있는 산길을 내고, 이곳저곳 다니며 풀씨를 뿌렸는데, 다음 해 봄에 심통골에서 한 번도 본 적이 없는 풀들이 자랐습니다. 오처드그래스, 레드 크로바 등. 그리고 듬성듬성 밤나무를 심었는데, 일본 밤나무라고 했습니다. 개량종 밤이었는데 나중에 열매가 열리는 것을 보니 재래종보다 두세 배는 커보였습니다.

준기형은 아리랑 고개에서 이곳으로 들어올 수 있는 도로를 내기 시작했습니다. 이곳도 심통골 모든 집과 마찬가지로 모든 물건은 지게로 져 날라야 했는데 심통골 최초로 넓은 도로를 내기 시작한 것입니다. 문환네 왼쪽 산에서 내려오는 물이 논으로 흘러 들어가지 못하도록 쌓은 제방이 심통골 들판 가운데를 흐르는 개울과 연결되어 있는데, 이 제방은 평소에는 물이 흐르지 않고 장마철에만 물이 흘렀습니다. 이 제방 안에다 둥근 시멘트관을 넣고 양쪽 제방의 흙을 파서 평탄하게 하니 개울까지 연결된 도로가 되었습니다.

그리고 개울에서부터 아리랑 고개까지는 논인데, 논 주인과 어떻게 타협했는지 길 낼 땅을 확보한 후에, 논 한쪽에 있던 산더미만 한 큰 돌덤불을 헐어 리어카로 돌을 실어 날라 논을 메꿔 나갔습니다. 우리는 시간만 나면 준기형이 끄는 리어카를 밀면서 길 내는 일을 도와주었습니다. 리어카를 끌고 미는 것은 우리들에게는 일이 아닌 놀이였습니다. 준기형은 어느 정도 일을 끝내면 리어카를 우리들에게 주었는데, 우리들은 리어카를 끌고 밀며 신나게 놀았습니다. 어느덧 논길이 완성되어 아리랑 고개에서 문환네 집을 거처 준기형이 터를 잡은 곳까지 리어카나 차가 다닐 수 있는 도로가 완성되었습니다.

새로 난 도로로 슬레이트, 철제 기둥들이 들어오고 문환네 뒤쪽에 커다란 슬레이트 건물이 완성되었습니다. 이때부터 준기형의 동생인 재갑이 형과 부모님도 이곳으로 이사해와 형의 일을 돕기 시작했습니다.

어느 날 심통골에서 본 적이 없는 얼룩 젖소가 들어왔습니다. 홀스타인 종이라고 했습니다. 나중에는 젖소가 네 마리까지 늘었는데, 손으로 젖을 좍좍 짜내어 쇠로 된 우유통에 넣은 후 찬물에 담가 두었다가 아침에 자전거로 아리랑 고개에 가져다 놓으면 우유차가 와서 수거해갔습니다.

이 목장은 심통골 아이들의 놀이터가 되었습니다. 틈만 나면 가서 리어카도 밀어주고, 옥수수를 베어 사일로 만드는 일도 거들고, 자치기도 하고 숨바꼭질도 했지요. 숨바꼭질할 때 자주 숨는 곳은 창고 안의 건초더미였습니다. 6월 전후에 목초를 베어 말린 건초를 겨울의 소먹이로 저장해 두었는데, 건초더미에 누우면 아주 향긋한 풀냄새가 났지요.

어느 겨울날 준기형이,

"애들아, 오늘 만두 만들어 먹자."

며 불렀습니다. 그때까지 심통골 아이들은 아무도 만두를 먹어본 적이 없었습니다. 모두들 준기형이 준비한 재료로 만두를 빚었습니다. 만두가 완성된 뒤에 솥에다 쪄서 향긋한 만두가 완성되었습니다.

"자, 맛있게 먹어라."

"예, 잘 먹을께 유"

"야, 그런데 학원이는 왜 안 먹냐?"

"저 고기 들어간 건 못 먹어유."

"엉? 왜?"

"……."

맛있게들 먹고 집으로 가는데,

"학원이는 만두도 못 먹었으니 이 책들 가져다 읽어 봐라."

하며 책을 주었습니다. 그날 밤 등잔불 아래서 무서운 귀신 이야기로 시작되는 「햄릿」을 으스스한 느낌을 받으며 읽기 시작했습니다.

준기형은 재미난 이야기에 목말라 있던 국민학교 때 가끔 시원한 물 잔을 건네주었습니다. 그날 받은 세 권의 책은 『세익스피어 4대 비극』과 『마지막 잎새』와 『모모』였습니다.

국민학교 6학년 때인 77년 가을에 준기형이 입대했습니다. 입대하여 훈련소에 있을 때부터 자대 배치받고 제대할 때까지 한 달에 한 번 꼴로 형에게 편지를 썼습니다. 젖소가 새끼를 낳은 이야기, 심통골에 전기가 들어오게 된 이야기 등 심통골의 소소한 이야기를 보내면, 중학교에서는 어학과 수학, 국어, 국사를 다른 과목보다 열심히 하라는 말과 취미 생활을 자기 수양에 도움이 되는 것들로 택하면 좋은데 그런 것으로는 우표수집, 서예, 독서가 좋으며 독서는 고전과 명시선집을 읽어보라는 답장을 보내오곤 했습니다. 한 번은 정기휴가 기간이 아닌데 형이 휴가를 나왔습니다. 부대에서 편지를 가장 많이 받은 병사로 선정되어 포상휴가를 나온 것이었습니다.

부모님 세대는 모두 무학이었고, 선배들은 모두 국민학교 졸업이었던 심통골에서 유일하게 고등학교를 졸업했던 준기형은 누구도 해 줄 수 없는 값진 말과 행동을 보여주었는데, 중학교 3학년 때 북문리로 이사 가면서부터 멀어지기 시작하여 북문리에서 다시 경남 진주로 이사한 후로 연락이 끊겨 지금은 대전에서 산다는 말을 언뜻 들었지만 연락이 되지 않습니다. 조만간 한 번 찾아뵙고 인사를 드려야 할 것 같습니다.

학현아 읽어 보렴

찌는듯한 더위 속에 네가 보내 준 편지를 반갑게 읽
어 보았단다 그 순간의 기분은 하늘을 나르는 새 만큼
이나 드높고 기쁨어린 희열을 느꼈었단다
  학현아
  그동안 부모님 그리고 예쁜 동생들과 건강한 생활을
했겠지
  형은 언제나 건강한 마음과 몸으로 교육에 열
심하고 있지 집에서처럼 자유스럽지는 못하나 나
의 나라를 침략 무리로부터 안전하게 보호하는 군인이
라는 신분에 모든 어려움과 힘든 일들을 모두 참고 또
참으면서 하나의 훌륭한 용사가 되기 위해 애쓴단다
  형이 교육에 임하듯이 학현이도 공부에 열중하겠지
모 내 년이면 늠름하고 대견스런 중학생이 될테니까
지금부터 가슴은 풍선처럼 부풀어 있겠지
  형은 학현이가 중학교에 입학할 무렵 쯤이면 빛나
는 일등병의 계급장을 붙이고 집에 갈것같구나
  학현아
  마음은 늘 푸르고 곧게 지내고 공부할 때는 공부에
전념하고 즐겁게 놀 때에는 구김살 없이 마음껏
뛰어노는 착하고 예절바른 생활을 하길 바란다
  심통골에 있는 논은 벼를 다 베었겠지 농번기에
매우 바쁘겠구나 어머님 아버님의 말씀 잘 듣고
틈틈이 바쁜 일손을 거들어 주렴
  그럼 다음에 또 쓸 때까지 잘 있어라   이 준 기
           제5267부대 신병교육대 3중대 이병 이 준 기. 91. 10. 6

242

병에 안 걸리는
돼지는 없을까?

심통골에서 가장 멀고 높은 곳에 위치한 원호형네 집 주변을 우리는 무치기라 불렀습니다. 심통골의 다섯 집 중 심통골 할머니 댁과 선희 할머니 댁은 평지에 자리 잡고 있었고 첫 번째의 우리 집과 충균이 할머니가 사시다 두 번째 우리 집이 되었던 곳은 선희 할머니 댁에서 언덕으로 200여 미터만 올라가면 되었죠. 그런데 이 무치기는 선희 할머니 댁에서 산길로 7~800미터는 올라가야 했고, 100여 미터는 경사가 60~70도는 될 정도로 급경사였습니다. 그런데 이 언덕길만 올라가면 산 중턱에 넓은 밭이 펼쳐져 있고 계곡을 따라 다랑가지 논도 펼쳐졌습니다.

심통골의 논밭은 대부분 원호형 아버님이 갈았습니다. 원호형 아버님이 동네의 논밭을 갈은 후 지게에다 무거운 쟁기를 지시고 쟁기를 끌었던 소와 함께 언덕길을 오르실 때면, 원호형 아버님과 소가 함께 숨을 거칠게 쉬며 똑같은 보폭으로 천천히 올라갔고, 원호형 아버님의 장딴지엔 힘줄이 툭툭 불거져 나왔습니다.

네다섯 살 때 원호형네 가서 놀다 어느 정도 시간이 지나면 원호형이 '엄마' 하고 달려갑니다. 뭐하나 바라보면 원호형은 엄마 젖을 빨고 있었습니다. 원호형이 어머니에게 무엇을 부탁하건 어머니는 무조건 '그려어' 한마디면 끝났고, 아버지께 부탁하면 하회탈 같은 웃음 띤 얼굴로 '이노무 새끼들' 하고 웃은 후에 '그려어'로 끝났습니다.

원호형은 3녀 1남 중 막내로 외아들이었습니다. 집안 식구들은 이 외아들을 끔찍이 사랑했는데, 국민학교에 들어갔을 때 허리가 바짝 꼬부라진 할머니가 지팡이를 잡고 시내까지 이어진 등하굣길에 함께 가주셨습니다. 아이들이 국민학교에 들어가면, 대부분 처음에는 부모님이 데리고 다니다 얼마 지나면 동네 애들끼리 다니는데, 원호형 할머니는 국민학교 3학년 때까지 같이 다니셨습니다. 할머니는 학교에 가신 후에 교실 뒤에 있는 할머니 전용 자리에서 앉아 수업이 빨리 끝나길 기다리셨고, 수업이 끝나면 원호형을 데리고 집으로 돌아오셨습니다. 동네 사람들 중에는 원호형과 부모님을 흉보는 경우가 있었습니다.

"애를 저렇게 키우면 워쩐다. 지 혼자 학교 다니게 혀야지."

항상 원호형과 할머니가 무치기에서 출발하여 내려오면 선희 할머니 댁 앞에서 우리가 합류하여 학교로 향합니다.

1974년 3월 2일, 원호형네 집 앞에서 원호형이 떼쓰며 우는 소리가 들렸습니다. 이 울음소리는 선희 할머니 댁까지 이어졌지요. 선희 할머니 댁까지 따라오신 원호형 어머님이 말씀하셨습니다.

"학원아, 오늘부터 형하고 같이 학교 가라 이. 이제 할머니가 힘들어 같이 못 다니시게 됐어."

그날부터 원호형은 할머니 없이 학교로 향했습니다.

원호형은 축구를 아주 잘하고 장난치기 좋아하는 개구쟁이였습니다. 그리고 남들이 생각하지 못하는 이상한 생각을 자주 했지요. 원호형은 5학년 때 심통골의 무치기에서 평지인 북문리로 이사 갔습니다. 형은 독자라 군대에 가지 않았고 대학을 졸업한 후에 구불구불한 도로를 바로잡는 도로공사를 맡아하다가 실패했습니다. 그러다 그때 누구나 집에서 쉽게 생각할수 있는 돼지 키우기를 시작했는데, 구제역으로 또 실패했습니다. 그런데이때부터 이상한 생각을 하게 됩니다.

"병에 안 걸리는 돼지는 없을까?"

"우리나라 시골에서 키우던 토종돼지는 항생제 없이도 잘 자랐는데, 요즘은 왜 항생제를 쓰지 않으면 안 되는 걸까?"

그때부터 축산에 관계된 책을 보고, 이런저런 궁리를 하여 우리나라 최초로 '무항생제 돼지'란 말을 생각해냈습니다. '무항생제 돼지'란 새끼 돼지를 낳을 어미 때부터 주사를 한 번도 안 맞고, 평생 항생제를 한 번도 사용하지 않고 키운 돼지를 말합니다. 여러 번 실패를 거듭한 끝에 어미돼지때부터 항생제를 쓰지 않고도 잘 자라는 형질의 돼지를 길러내는 데 성공했습니다. 그런데 우리나라 축산 환경에서 무항생제 돼지란 불가능합니다. 이미 시중에서 시판되는 사료 속에 항생제가 들어 있기 때문입니다.

245

"그럼 내가 사료를 직접 만들어 먹이면 될 거 아닌가."

원호형은 이리저리 알아보다 중국 길림성과 흑룡강성에서 비료와 농약 등을 전혀 쓰지 않고 재배한 옥수수나 콩 등의 원료를 수입하여 직접 사료를 만들어 먹이기 시작하여 '무항생제 돼지'를 만들어내는 데 성공했습니다.

우리나라 최초로 '무항생제 돼지'를 실현시킨 원호형은 축사를 넓히고 많은 돼지를 키우기 시작합니다. 그런데 동네 사람들의 원성이 자자했습니다.

"지금도 냄새가 심헌디, 축사를 더 늘리면 그 냄새를 워치기 감당하라고 또 늘린댜."

"그럼 냄새 안 나게 허면 되지유."

"그게 말이 되남? 워치기 돼지똥에서 냄새가 안 나?"

원호형은 '멧돼지 똥은 냄새가 안 나는데 왜 집에서 기르는 돼지는 냄새가 심할까?' 하는 의문을 품고 여러 가지 실험을 해봤습니다. 멧돼지는 다양한 먹이를 먹는 반면 집돼지는 사료만 먹는 것을 보고, 돼지 사료에 여러 가지 조사료를 섞어서 먹여 보았습니다. 그 결과 사료에 적당량의 풀을 섞어 주면 역한 돼지똥 냄새가 현저히 줄어든다는 것을 확인했습니다.

야생의 멧돼지는 풀, 칡뿌리, 나무 열매, 곤충 등 다양한 것들을 적당량 먹어 뱃속에서 소화가 잘되고, 소화가 잘된 똥을 배설하면 발효가 되어 냄새가 안 난다고 합니다. 그런데 농장에서 키우는 집돼지들은 빨리 키우고 빨리 살 찌우기 위해 단백질 함량이 높은 사료를 배불리 먹이다 보니 먹은 사료가 뱃속에서 다 소화되지 않고, 덜 소화되어 단백질 함량이 높은 상태

246

로 배설된 똥은 발효가 되지 않고 부패가 되면서 역한 돼지똥 냄새가 나는 것이었습니다.

'풀을 섞어 먹이면 되는데, 그 많은 풀을 어디서 구한다?' 이제 새로운 고민이 생겼습니다. 그러던 어느 날 서산시 해미를 지나다 공군기가 이착륙하는 활주로 주변이 파란 풀들로 덮여 있는 것을 발견합니다. 즉시 부대장에게 '활주로 주변의 풀을 사 가고 싶다'는 내용의 편지를 씁니다. 그런데 '우리나라 법에 의하면 군수물자는 민간에 이양할 수 없습니다.'란 답장을 받게 됩니다.

이번에는 국방부 장관에게 똑같은 내용의 편지를 썼지만, 국방부로부터도 앞의 부대장이 보내왔던 것과 같은 답신을 받게 됩니다. 이번에는 청와대로 편지를 썼는데, 국무회의에서 이 문제가 논의되어 군수물자도 민간에 이양할 수 있도록 법을 고치게 됩니다. 그 결과 10여 년 전부터 해미 공군비행장 활주로 주변의 풀을 독점 공급받을 수 있게 되었습니다.

원호형은 돼지들이 넓은 공간에서 마음대로 뛰어놀고 스스로 면역력을 증대시켜 병에 걸리지 않도록 환경을 개선했습니다. 그리고 멧돼지와 같은 성분의 우리 몸에 좋은 성분을 가진 돼지를 만들겠다는 일념으로 끊임없이 연구하여 현재 불포화지방의 함량을 높인 '오메가 3 돼지'란 상표로, 특화된 돼지고기를 생산하여 판매하고 있습니다.

지금은 자신의 사업 확장에만 신경 쓰지 않고, 주변 사람들의 소득을 증대시키겠다는 생각으로 농협조합장이 되어 다양한 상품을 개발 출시하는 데 전념하고 있습니다. 수입산 옥수수와 밀이 주성분인 사료만 주지 않고

전통적인 방식으로 키운 '쇠죽 한우', 우리 몸에 좋은 쌀눈이 살아 있게 도정한 무농약 친환경 '영양 눈쌀', 물만 부으면 바로 먹을 수 있는 '바로 쌀국수' 등의 상품을 만들어냈고 지금도 다양한 상품의 개발과 판매를 위해 동분서주하고 있습니다.

원호형이 현실에 안주하지 않고 끊임없이 새로운 도전을 하는 힘의 원동력은 어디서 나올까? 혼자 생각이지만, 그것은 할머니와 부모님으로부터 받았던 무한한 사랑과 신뢰가 아닐까 생각해봅니다.

임종을 보는 사람은
다 따로 있는 겨

어렸을 때 아버지는 술을 무척 좋아하셨지만 해수 천식이 악화되면서, 내가 국민학교 4학년 무렵에는 술을 전혀 못하셨습니다. 젊으셨을 때는 담배도 피우셨다는데, 담배 피우시던 기억이 남아 있지 않습니다.

해수 천식은 유전이 되는 질병인데 할머니에게 해수 천식이 있었다고 합니다. 할머니의 해수 천식은 아버지에게로 유전되었는데, 아버지는 젊었을 때 할머니와 가마니를 많이 짰다고 합니다. 가마니는 볏짚으로 짜는데 주로 농한기인 추운 겨울에 밀폐된 공간에서 짜기 때문에 자연히 많은 먼지를 마실 수밖에 없었습니다. 이 가마니 짜기는 해수 천식이 있던 아버지의 건강에 많은 부담을 주었을 것 같습니다.

해수 천식은 심한 기침을 동반하는데, 특히 새벽에 심했습니다. 한번 기침이 시작되면 '쿨럭, 쿨럭, 쿨럭, 쿨럭, 쿨럭, 쿨럭' 쉼 없이 기침이 터져 나와 기진맥진할 때까지 계속되었습니다. 기침이 시작되면 아버지는 '아이나'란 하얀 알약을 드셨습니다. 아이나는 보건소에서 타다 드셨는데 아주 독한 약이었고 치료약이 아닌 증상을 완화시키는 약이었던 것 같습니다.

보건소에서 타다 드시는 약으로 치료가 안 되어, 집에서는 아버지의 천식을 고치기 위해 많은 민간요법을 시도했습니다. 배의 속을 파내고 꿀과 후추를 넣은 후 뚜껑을 덮고 황토로 싸서 불에 구워 드렸고, 보덕사 뒤의 산길에 가서 지네풀(딱지풀)을 캐다 지네풀 뿌리를 넣고 감주를 해 드리기도 했죠. 돼지 불알을 산초 기름에 튀겨 드시면 해수 천식에 좋다고 하여 가을이면 엄마와 함께 산으로 다니며 산초를 따다가 기름을 짜서 약을 해드리기도 하고, 모든 음식에 산초 기름을 넣어먹기도 했습니다.

뱀탕이 좋다고 해서 능구렁이탕을 해드리기도 했고, 무엇보다 몸보신을 해야 한다고 해서 집에서 기르던 염소를 두 번 잡아드리기도 했습니다. 염소를 잡긴 잡아야 하는데 아버지도 나도 잡을 수가 없어서 동네 어른에게 부탁드렸습니다. 당시 풍습에 의해 염소를 잡아주신 분에게 염소 머리와 염소 내장을 드렸죠.

아이나란 독한 약도 드시고 수많은 민간요법을 썼지만, 시간이 지남에 따라 증상이 점점 더 심해져, 내가 국민학교 4학년 무렵부터는 심한 일은 못하셨습니다. 때문에 무거운 것을 운반할 때는 나는 지게로 지고 엄마는 머리에 이고 날라야 했습니다.

아버지의 증세는 한 해 한 해 갈수록 심해져 중학교에 들어가면서부터는 삽교에 있는 성모병원에 몇 번 입원하시기도 했습니다. 중학교 3학년이 되면서 아침에 물꼬 보러 논에 내려가신 후 집으로 못 올라오시고 길에 주저앉아 계시는 일이 생겼습니다. 중학교 3학년인 80년 10월 어느 날, 엄마는 청천벽력 같은 선언을 하셨습니다.

"우리 이사 가자. 이곳은 언덕이 있어서 아버지가 움직이시기 힘들다. 평지로 이사 가자."

"예?……"

충격이었습니다. 단 한 번도 이곳을 떠난다는 생각을 해 본 적이 없었습니다. 당시의 꿈은 멋진 농부가 되는 것이었고 머릿속으로 이곳을 멋진 삶의 터로 바꿀 계획을 가지고 있었습니다. 집 주변을 꽃으로 덮고 싶어서 우물가에 장미를 꺾꽂이하여 키우고 있었고, 접붙이기한 일본 밤나무에서 굵은 밤이 열리기 시작했고 고욤나무에 접붙이기 한 나무에서 대봉감과 골감이 처음으로 열렸습니다. 우물가에 심은 복숭아나무에서는 주먹만 한 복숭아가 주렁주렁 열렸고, 목리 매형이 가져다주셨던 자두나무는 그해 처음으로 하얀 꽃을 피웠습니다. 네 그루의 사과나무도 잘 자라고 있었구요.

특용작물인 더덕을 재배하려고, 개산(가야산)에서 캐다가 심은 더덕에서 받은 씨앗으로 1년생 더덕 모를 생산해 놓은 상태였습니다. 산으로 백수오를 캐러 다니다 백수오 씨앗을 채취해 시험 파종한 것이 발아하여 1년생 백수오 모종도 밭에서 자라고 있었지요.

이 모든 것을 버리고 다른 곳으로 간다는 것은 상상할 수도 없는 일이었지만 엄마는 이미 이사 갈 집까지 장만한 상태였습니다. 이사 간 후 집은 아랫집 선희 할머니의 막내아들이 와서 살기로 했고, 밭은 선희 삼촌이 경작

251

하기로 했습니다. 집은 서울로 이사 가신 충균이 할아버지 소유인데 그동안 우리가 살았던 것이고, 우리가 살 수 없는 입장이 되어 충균이 할아버지는 선희 할머니의 막내아들에게 살도록 허락하신 겁니다.

밭은 '구 왕궁 땅'이라고 불렀는데, 국유지였습니다. 당시 국유지에서 20년간 점유하고 농사를 지으면 소유권을 인정하던 때였습니다. 아마 충균이 할아버지께서 경작하셨지만 20년은 점유하시지 못하신 상태에서 서울로 가시면서 경작권을 우리에게 넘기셨던 것 같습니다. 우리도 이곳에 와서 경작한 지가 10년이라 소유권을 주장할 수가 없어, 충균이 할아버지께 상의 드린 후 선희 삼촌에게 경작권을 넘기기로 한 것입니다.

그런데 경작지를 넘기는 과정에서 문제가 생겼습니다. 우리가 이사하기 전이었고 아직 추수하지 않은 밭을 선희 삼촌이 쟁기를 가지고 와 갈아엎었습니다. 당시 밭에는 추수하지 않은 생지황과 땅콩이 있었는데, 다음 경작권을 가져가기로 한 선희 삼촌이 쟁기로 갈아엎은 것입니다. 당시 엄마도 수많은 과일나무 등을 버리고 이사 가는 것에, 많이 속상해하는 상태였는데 선희 삼촌은 밭을 갈아엎은 후 사과도 하지 않았습니다. 엄마는 선희 삼촌에게 밭을 못 주겠다고 선언하고 북문리로 이사 간 후 1년간 이 먼 곳까지 다니며 밭농사를 지은 후, 시골에 와서 살고 싶어 하는 서울 사람에게 쌀 네 가마 값을 받고 경작권을 넘기셨습니다.

이사는 10월의 평일에 갔는데, 학교 끝난 후 북문리 어디 어디로 오라고 말씀하셨습니다. 학교를 마치고 찾아간 집은 너무 초라했습니다.

이사 간 북문리는 구릉 지대의 끝에 자리해서 집 앞으로는 넓은 평야가 펼쳐져 있었습니다. 우리 집은 들판 가에 있는 ㅁ자 형의 북향집인데, 위채에는 안방과 윗방과 광이 있고 아래채에는 대문과 대문 옆에 사랑방이 하나 있었습니다. 지붕은 함석인데 집이 오래되어 전체적으로 약간 기운 형태로 기둥과 벽 사이에 약간씩 틈이 벌어져 있었고 겨울이면 안마당에 얼음이 얼었습니다.

좋은 것은 집까지 길이 나 있어서, 모든 것을 운반할 때 리어카를 사용할 수 있다는 것이었습니다. 또 한 가지는 바로 문 앞에 논이 있어서 농사짓기에 편하고 아버지가 편히 주변을 걸어 다니실 수 있다는 것이었습니다.

이사 온 후로 하루하루가 답답했습니다. 가장 답답한 것은 집이 평야 지대에 위치해 있어 산에 오를 수 없다는 것이었습니다. 그리고 밭이 없고 멀리 내려다보이는 조망이 없고. 심통골에서는 멀리까지 조망이 트인 입체적인 3차원적 생활이었다면 북문리는 평면적인 2차원적인 생활이었습니다.

심통골에서는 관심을 갖고 마음을 줄 많은 나무들이 있었는데, 북문리엔 우리 집 소유의 나무가 한 그루도 없었습니다.

이사 간 후 첫 번째 일요일. 리어카에 곡괭이와 삽을 싣고 심통골로 갔습니다. 언덕 아래에 리어카를 놓고 삽과 곡괭이를 들고 집으로 올라갔습니다. 아버지가 고욤나무에 접목하였던 감나무 중에 캐기 쉬운 골감나무를 캐기 시작했습니다. 문환이가 와서 보고 같이 도와주었습니다. 리어카에 큼지막한 감나무를 싣고 나는 끌고 문환이는 밀고 북문리 집으로 돌아와 집 앞에 있는 수로 가에 심었습니다. 그 감나무는 2년 정도 몸살을 했지만 이후 그곳에 뿌리를 내려 꽃을 피우고 감을 맺기 시작했습니다.

해수 천식이 악화되어 북문리로 이사한 후 아버지는 홍성 도립병원에 입원과 퇴원을 반복했습니다. 간 기능이 안 좋아 얼굴은 검게 변하고 입술은 파랗게 변했는데, 쿨럭쿨럭 한번 기침을 시작하면 기력이 다할 때까지 멈추지 않았습니다. 그러던 어느 날 아버지께서 이상한 말씀을 하셨습니다.

"어제 꿈속에서 이상한 것을 봤어. 머리 위에 둥그런 빛이 나는 게 그림에서 본 예수님 같은 모습인디, 여러 사람들과 같이 모여 무슨 얘기를 하다가 내가 가니 물끄러미 쳐다보다가 '너는 아직 올 때가 안됐다.'고 허더라고. 그러고 꿈이 깼어."

그 일이 있은 후 아버지의 병세는 눈에 띄게 호전되었습니다. 병원에 가서 진료했는데,

"이렇게 좋아질 수가 없는데, 이건 기적입니다, 기적!"

하는 말을 들으시고 싱글벙글 좋아하시며 돌아오셨습니다. 그 뒤로 정말 기적처럼 일상을 회복하셔서 시원한 여름을 보내셨습니다. 동네 어른들이 축하한다고 끓여주신 어죽도 드셨습니다. 그 기간이 꼭 3개월이었습니다. 3개월 이후에 아버지의 병세는 또다시 악화되어 다시 홍성 도립병원에 입원하셨습니다. 독한 약을 계속 드셔서 간경화가 왔다가 간암으로 발전했는데, 겨울방학에는 복수가 차서 배가 남산만 해져 집으로 퇴원하셨죠. 당시는 치료를 할 수 없는 경우에 퇴원을 시켰습니다.

대학교 2학년 겨울방학은 아버지 옆에서 지냈습니다. 일어나지 못하셔서 대소변을 받아 냈는데, 등을 대고 눕지도 못하시고 꼭 오른쪽으로만 누워 지내셨습니다. 너무 괴로워하셔서 고통이 빨리 끝날 수 있도록 차라리

254

빨리 돌아가셨으면 좋겠다는 생각을 할 정도였지요.

그러던 어느 날, 아버지가 9시 저녁 뉴스를 꼭 보아야 하니까 TV를 틀라고 하셨습니다.

"일기를 말씀드리겠습니다. 대한을 이틀 앞둔 내일은 날씨가 대체로 맑겠습니다."

"아, 잘 됐다."

아버지는 마음이 편해지신 모습이었습니다. 그리고 누구네 집에 쌀 몇 짝 꾸어주었으니 꼭 받으라는 둥 엄마와 저에게 많은 이야기를 하셨습니다. 엄마는 저에게 눈을 끔먹끔먹 하시더니 조그만 소리로 말씀하셨습니다.

"큰 누나한테 전화 혀. 내일 빨리 내려오라고."

물론 우리가 남에게 쌀을 꿔준 적은 없습니다. 하실 말씀을 다 하신 아버지는 편안한 모습으로 주무셨습니다.

다음 날 아침에 아버지는 나에게,

"동생들헌티 집에 오라고 연락 혔남?"

"아직 안 혔슈."

"아니, 아직 연락도 안 허고 뭐 헌 겨."

아버지는 버럭 역정을 내셨습니다.

엄마가 조용히 말씀하셨습니다.

"빨리 우체국에 가서 동생들헌티 전보 치고 와."

급히 우체국으로 달려가다가 인천서 내려오는 큰누나를 만났습니다. 우체국에서 서울 구로에서 일하고 있던 여동생과 경남 진주에서 중학교에 다니고 있던 남동생에게 전보를 치고 집에 도착하니 큰누나의 곡소리가 들렸습니다.

"너는 겨울방학 내내 아버지 곁에 있었지만 임종을 못 보고, 인천서 막 도착헌 누나는 임종을 지키고. 임종을 보는 사람은 다 따로 있는 겨."

엄마의 말씀이었습니다.

갈 수 없는 그러나 가고 싶은

깊어가는 가을밤에 낯설은 타향에

외로운 맘 그지없이 나 홀로 서러워

그리워라 나 살던 곳 사랑하는 부모 형제

꿈길에도 방황하는 내 정든 옛 고향

– 오드웨이 노래, 〈고향 생각〉

    산속의 집에서 북문리로 이사 오면서 가세는 급격히 기울어졌습니다. 논농사 규모는 이사 오기 전과 비슷했으나, 산에 있을 때는 밭에서 생산되는 곡식과 밤나무에서 나오는 수입이 짭짤했으나 북문리에는 밭이 채소 심어 먹을 정도밖에 없었습니다. 결정적인 것은 아버지가 자주 홍성 도립병원에 입원하게 된 것입니다. 아버지가 입원하면 엄마도 아버지 간병을 위해

258

같이 병원에 계셔야 했는데 병원비가 만만치 않았습니다.

그런 이유로 첫째 동생은 중학교를 졸업한 후 낮에는 일하고 밤에는 공부하는, 충남방적에서 운영하는 연화여고에 들어갔습니다. 하지만 몸이 아파 끝까지 다니지 못했습니다. 막내동생은 경남 진주에 계시는 이모가 자신이 가르치겠다며 데려가셨지요. 덕산 국민학교 때는 반장을 하는 등 쾌활한 성격이었던 막내동생은 진주로 가면서 웃음기가 사라지고 내성적인 성격으로 변했습니다. 진주로 전학 간 후 가장 힘들게 한 것은 담임 선생님의 관심(?)이었다고 합니다. 담임 선생님은 "너는 에미 애비도 없냐? 전학 왔으면서 학교도 한 번 안 와 보냐?"며 1년 내내 동생을 고달프게 했다고 합니다. 참다 못한 동생은 이모께 사정을 말씀 드렸고, 이모가 10만 원짜리 봉투를 만들어 가지고 찾아간 후로는 담임 선생님의 관심에서 멀어졌습니다.

고등학교 때 공무원 시험을 보겠다는 생각이 있었는데, 욕심을 부려 대학교에 진학했습니다. 대학교 진학을 고집할 때 아버지는 "교대에 가라. 교대에 가면 군대도 안 가고 빨리 취업하여 우리 집을 책임질 수 있으니까."라고 말씀하셨습니다. 그런데 아버지의 당부를 어기고 사범대로 진학했습니다. 대학교 2학년 겨울방학이던 86년 2월에 아버지는 돌아가셨고, 얼마 안 되는 논을 팔아 병원비 등을 청산하고 엄마는 경상남도 진주 이모 댁으로 가셨습니다.

산속의 집에서 내려온 후 고교 3년, 대학교 4년, 군대 3년, 교사로 발령받은 후까지도 지속적으로 악몽에 시달렸습니다. 꿈만 꾸면 산속의 집이 나타나고 나는 그곳에서 꽃을 가꾸기도 하고 밭에서 일을 하고 있습니다. 그

래도 덕산에서 살았던 대학교 2학년 때까지는 답답하면 심통골의 산에도 찾아가고 옛날 집도 둘러보곤 했었습니다. 그러나 아버지가 돌아가시고 경남 진주로 이사 간 뒤부터는 심통골에 갈 수가 없었죠.

이때부터는 더욱 자주 산속의 집이 꿈속에 나타났고, 돌아가신 아버지도 꼭 꿈에 나타나셨습니다. 아버지는 저쪽에 서 계시고 나는 밭에서 일하기도 하고 꽃을 가꾸기도 하고 집 주변의 무너진 축대를 쌓았지요. 누군가에게 들은 말인데, '꿈속에서는 죽은 사람과는 말을 안 한다'고 하더군요. 그러고 보면 꿈속에서 아버지와 대화해 본 적이 없는 것 같습니다. 꿈을 꾸면서 '휴, 어제까지는 꿈이었지만 오늘은 진짜 여기에 왔구나.' 하고 안심하고는 하지요. 그런데 깨어나 보면 그 또한 꿈속의 일입니다.

알프스의 푸른 고원지대에서 살던 하이디는 산이 없고, 염소가 없고, 말상대가 없는 프랑크푸르트로 간 후 알프스에 대한 그리움으로 몽유병을 앓게 되었는데, 심통골에 대한 꿈을 지속적으로 꾸는 것도 일종의 몽유병이었던 것 같습니다.

1996년 대천에서 살며 자동차를 산 뒤에 시간만 나면 산의 집에 찾아갔습니다. 이제는 꿈속에 나타나는 그런 곳은 없다는 것을 확인시켜 주기 위

해. 산속의 집에 찾아갔을 때 예전의 모습을 확인하긴 힘들었습니다. 돈 많은 어떤 사람이 첫 번째 살던 집과 두 번째 살던 집 사이에 있던 언덕을 불도저로 밀어 첫 번째 살던 집을 덮어버리고 그 위에 거대한 별장을 지었습니다. 그렇게 그리워했던 두 번째 집도 무너져 내려 칡덤불로 변해있었는데 그 칡덤불에서 옛 모습을 그려보기는 쉽지 않았습니다.

집 주변의 비옥했던 밭들도 쑥대밭이 되어 고라니의 서식처로 변해 있었구요. 다만 집 앞에 일렬로 심어져 있던 감나무와 호두나무, 은행나무 등은 남아 있었는데, 특히 소를 매어두던 은행나무는 알아보기 힘들 만큼 아름드리 거목으로 자란 상태였습니다.

> 고향에 고향에 돌아와도
> 그리던 고향은 아니러뇨.
>
> 산꿩이 알을 품고
> 뻐꾸기 제철에 울건만.
> 마음은 제 고향 지니지 않고

머언 항구로 떠도는 구름.

오늘도 뫼끝에 홀로 오르니
흰 점 꽃이 인정스레 웃고,
어린 시절에 불던 풀피리 소리 아니 나고
메마른 입술에 쓰디쓰다.

고향에 고향에 돌아와도
그리던 하늘만이 높푸르구나.
 — 정지용, 「고향」

70년대에 심통골의 대표적인 농기구는 삽이었습니다. 삽으로 일을 하
는 데는 한계가 있습니다. 삽과 사람의 힘만으로는 지형지물을 변형시킬
수가 없지요. 원래 있던 지형지물을 그대로 두면서 개간할 수 있는 곳은 최
대한 개간하여 농작물을 가꾸었지요.

들판은 잘 정비되었고, 논에 피라도 한 포기 있으면 동네 사람들로부터

게으르다는 뒷말을 들어야 했지요, 밭도 묵은 곳 한 곳 없었고, 알뜰하게 곡식들을 생산했지요. 논둑과 밭둑 어디에도 풀이 지저분하게 자란 곳은 없었습니다. 땅 주인이 풀을 깨끗하게 깎기도 했지만, 매일 소에게 줄 풀을 한 바지게씩 베어야 했기 때문에 풀이 길게 자랄 때까지 남아나지 못했습니다.

이제 그 당시 여섯 가구가 살았던 집은 모두 무너져 내려 흔적도 없어졌고 포크레인으로 산허리를 자르고 논밭을 파거나 메워 널찍한 집터를 닦은 후 으리으리한 별장이나 전원주택, 사찰, 서당, 음식점들이 들어선 번화한 동네가 되었습니다. 열 개 있던 방죽도 모두 사라졌고, 청호반새가 살았던 10미터가 넘던 벼랑도 무너져 내려 조그만 개울이 되었고, 논밭이었던 곳으로 차가 다니는 길이 나 있습니다. 그렇게 알뜰하게 곡식을 생산하던 논밭도 잡초로 덮이거나 덤불로 변한 곳이 많고요. 새로 터를 닦고 지은 집들 중에서도 다시 쇠락해 가는 모습이 보이고, 집을 짓다가 방치한 모습도 보입니다.

이제 예전의 심통골 모습을 보려면 눈을 감고 가만히 기억을 떠올려 볼 수밖에 없습니다. 전국 곳곳의 아름다운 자연의 모습을 간직했던 수많은

263

심통골들이 포크레인에 깎이고 불도저에 밀려 원래의 모습이 변형된 뒤에 널찍널찍한 새로운 도로가 나고, 아파트와 번듯번듯한 건물들이 들어서고, 싱싱한 곡식이 자라던 논밭은 방치되어 황무지로 변해가고 있습니다.

새로운 사람들이 자리 잡고 살며, 새로운 사람들의 필요에 의해서 지형이 변형되고 새로운 마을로 변해가는 것을 뭐라 할 수 없다는 것을 알면서도, 왠지 모르게 허전하고 쓸쓸한 마음이 드는 건 어쩔 수 없습니다. 옛 지형이 그대로 있었으면 좋겠고, 사라진 방죽에 살던 송사리의 안부가 궁금하고, 그때 그곳에서 서로의 일에 관심을 갖고 오손도손 같이 살았던 사람들이 그립습니다. "냇가에 수양버들 춤추는 동네. 그 속에서 놀던 때가 그립습니다."

내 어릴 적에

그리 오래되지 않은 옛날에
아름다운 동화의 세계가 있었다.

나팔꽃과 거미줄에 매달린 투명한 이슬이

아침인사를 주고받고

맑은 하늘과 파아란 밤나무와

도토리나무 덤불 속의 알록달록한 산새알이

꿈을 속삭이고

누런 송아지 옆에서 보리 베는 소년은

소쩍새가 저녁 하늘을 날 듯 마냥 즐거웠었다.

그러던 어느 날

소년은 능금을 알게 되어

새로운 꿈을 찾아 동화의 세계를 떠나게 되었고

소년이 없는 아름다운 세계는

아득한 꿈속으로 물러나고 말았다.

어쩌면 지금도 소쩍새는 울어

밤마다 소년을 꿈속으로 데려가는지 모르겠다.